明日をくれた君に、光のラブレターを

小桜すず

角川文庫
23052

もくじ

藍原美月さんへ

俺はずっと君のことが気になっていて、

一度でいいから話してみたかった。

佐藤

佐藤《さとう》くん？
誰だろう。
とりあえず、返事を書こう。
クラスも顔も知らない佐藤くんと、秘密の文通が始まる――。
真実を知るのは、一体誰……？

『君に出会えて良かった』

序章　放課後のシークレット

世の中というのは不条理だと思う。

男女問わず、顔の整った人が得をして生きていける。

そういう類《たぐい》の人間は、昔からたくさんチヤホヤされ、そのうち自分の顔が整っていることを自覚して、物心ついたときには絶対的な自信を備えているのだ。だから自然と性格は明るくなるし、友達も多い。勉強とか苦手なことにしたって、常に周囲が助けてくれる。人に頼る方法をしっかり心得ているからだろう、壁にぶつかることなく要領よく毎日を送れる。

私の親友である七瀬《ななせ》律《りつ》は、まさしくそんな子だった。

「だから、わかんないんだよ〜。教えてよぉ」

「私もわからないよ。本人に聞いたら？」

「もう、美月《みづき》ってば……冷たいなぁ」

冷たくしている気はさらさらないのだが、彼女にはそう伝わってしまうらしい。

私は心の中でため息を吐いた。

律とは高校一年の春、つまり一年半前に初めて言葉を交わした。

まだ友達ができていなかった頃、初めての席替えで前後の席になった律に私から話しかけたのだ。

今となっては何と話しかけたのかは忘れてしまったが、そんなことは重要ではなくて、皆が必死に友達作りをするタイミングで声をかけたというのがきっかけとして大きいだろう。

律はそれから私によく話しかけてくれるようになって、気づいたらいつも隣にいるような関係になった。高校二年になっても同じクラスになった私たちは、今も変わらず一緒に過ごしている。

「さくらちゃん、舞衣《まい》ちゃん。帰ろうとしてるとこごめんね。ちょっと聞いて～」

「ん？　りっちゃん、どうしたの？」

「男子って、誕生日に何もらったら嬉《うれ》しいかな？」

律の控えめな声に、さくらちゃん、舞衣ちゃんと呼ばれた女子は立ち止まり、途端にニヤニヤとして顔を見合わせた。

「もしかして、一ノ瀬《いちのせ》くんの誕生日？」

「う、うん。実はそうなの」

内側から上気したように頬を赤らめた律は、コクリと小さく頷《うなず》いた。

一ノ瀬くん、か。

私は頬杖《ほおづえ》をつきながら、律の横顔を見た。

まず目に入るのは、ぱっちりと開かれた大きな瞳《ひとみ》に長い睫《まつ》毛《げ》。色付きリップなんてまるで必要としない桜色の唇と透き通るような白い肌は生まれつきのもので、艶《つや》のある黒髪は秋風にも味方されているのか優雅に揺れている。誰がどう見ても〝美少女〟だと口を揃えるような女の子だ。

しかし、律が人を惹《ひ》きつけるのは、その整った容姿だけではない。

「一ノ瀬くん、サッカー部だから、部活で使えそうなものがいいんじゃない？ 無難だけどスポーツタオルは外さないよね」

「タオルいいね！ 絶対使ってくれるよね～」

「でも、もうたくさん持ってるでしょ。一ノ瀬くんおしゃれそうだし、腕時計とかネックレスとか、ファッション系の物の方が喜ばれるって」

「あーそれもいいっ。喜んでくれること間違いなしだよ！」

さくらちゃんと舞衣ちゃんの提案にいちいち目を輝かせて反応する律は、見るからに楽しそうだった。

食い違った意見をどちらも尊重して、「うーん、迷っちゃうなぁ」と頭を抱えて悩んでいる律を見て二人は微笑んでいる。

こうしてあくまで自然に周囲の気分を良くさせるのは、もう天性の才能としか思えない。いや、これも顔が整っているからこそ後天的に形成されたパーソナリティなのかもしれないが。

そこまで考えると、自分の卑屈さが露見して呆《あき》れる。私は外見だけじゃなくて、内面までも醜いのだと認めざるを得なくなる。

「ていうか、……美月ちゃんは、何て言ったの？　ほら、私たちよりもりっちゃんと仲良いし」

さくらちゃんが不意に私に向かって問いかける。律と話すときの態度とまるで異なっていて、その他人行儀な話しぶりはもはや滑稽《こっけい》に思えてくるほどだ。

「いや、私は全然わからないから、何も……。二人の方がいいアドバイスできると思う」

急に話しかけられて少々驚きつつも、私は笑顔を浮かべて当たり障りのない返答をしたつもりだった。

「そっか。ごめんごめん」

さくらちゃんと舞衣ちゃんから向けられた視線は、すぐに私の隣の席に座る律へと戻った。

「でさー、一ノ瀬くんの誕生日っていつなの？　一緒に買い物とか付き合おうか？」

「えっ、いいの？　それは助かるよ！　って言っても、誕生日は二週間も先なんだけどね」

……ああ、どうしていつもこうなのだろうか。

私は至って普通に話しているつもりなのに、クラスメイトの子たちには見えない線を引かれてしまう。

友達の友達として明らかによそよそしく接されているのが手に取るようにわかる。そもそも私が律以外の女子から話しかけられるのは用事があるときだけで、理由もなく話しかけられることはほぼない。

一方で律は、誰とでも仲良くなれる。

裏表のない天真爛漫《らんまん》な振る舞いは皆を笑顔にするし、律ともっと仲良くなりたいという子は山ほどいるだろう。

「何の話してんの？」

すると背後から、低い中に深みのある声がして、咄嗟《とっさ》に私は振り向いた。

常日頃日光を浴びているからか色素の薄くなった茶色の髪、同じくこんがりと焼けた顔からは真っ白な歯が覗《のぞ》いている。笑うと目尻《めじり》が柔らかく下がる瞳の中に私が映って、思わずドキリとした。

「海斗《かいと》！」

私より先に名前を呼んだのは律だった。目が合ったと思ったときには、すでに律の方へと目線が移ってしまっていた。

「一ノ瀬くん⁉」

「今の話、聞いてた⁉」

「今の話？　聞いてないけど、何？」

一瞬狼狽《ろうばい》した三人だったが、海斗はきょとんとしたまま首を傾げる。

その様子を見た律は心底安堵《あんど》したように胸を撫《な》で下ろし、さくらちゃんと舞衣ちゃんも同じくほっとしていた。

誕生日プレゼントの話が本人に伝わったらと不安になったのだろう。それもそのはず、海斗は同じクラスにもかかわらず、三人は盛り上がって声が大きくなっていたことに気づいていないみたいだったから、突然本人が現れたら慌てるに決まっている。

「う、ううん、何でもないよ？」

「うわ、焦ってて怪しいな。……でも、何で美月だけそんなに落ち着いてんの」

海斗がふと私を見てぷっと吹き出す。

平然としていた私が、律たち三人とはまるで正反対だったから目に留まったのだろうか、海斗はけたけたと笑い声を立て始めた。

「ちょっと、笑わないでよ……」

恥ずかしくなった私は、視線を逸《そ》らしながら小さく反論する。海斗の笑顔が自分に向けられて嬉しいと思ったことを、必死に振り払っていた。

「だって律たちと全然違ってて、逆に変だったからさ」

「うるさい。笑いすぎだよ」

私はあえて怒ったような口調で答えた。そうでもしないと、海斗や律に緩んだ頬を指摘されてしまいそうだったのだ。

「ほんっと、マイペースなのな」

「全然マイペースじゃないよ。海斗の方がよっぽどじゃない？」

「俺は美月よりは全然」

「アハハ。美月って、本当に面白いよね！　落ち着き払ってるように見えて、実はいろいろ考えてるんだもん」

私と海斗のやりとりは、明るい律の声によって突然の終了を告げられる。

途端に、私の胸には黒ずんだ感情が芽生え、それは徐々に広がって苦しみに変わっていった。

「さすが律。よくわかってるんだな」

「当たり前だよ！　親友なんだから」

ああ、どうしてわざわざ私たちの会話に入ってくるんだろう。

律はいつだってへらへらと笑って、自分の思うままに行動する。私の気持ちなんて全く知ろうともしない。

今のたったの数十秒にしても、私がどれだけ幸せだったのか彼女は知る由もない。

「じゃあ部活行こう、律」

「あ、もうそんな時間！　忘れてたぁ」

「忘れんなよー。ほら、遅れるぞ」

無情にも、海斗はそんな律が好きなのだ。私じゃなくて、律が好きなのだ。

「さくらちゃんと舞衣ちゃん、参考になるアドバイスありがとう！　引き留めちゃってごめんね。美月も、話聞いてくれてありがとね〜」

屈託のない笑みを浮かべながら、律は荷物をまとめて立ち上がった。

サッカー部の海斗とチアリーディング部の律は、校庭と体育館で練習場所は違えど、昇降口までいつも一緒に向かっている。

何の役にも立たなかった私にまでお礼を言うところが律らしい。

彼女は人に無意識に優しくできる。だから、海斗が律を好きになるのもわかる。

そう言い聞かせていないと、私の心は壊れてしまいそうだった。

「バイバーイ！」

「またね」

私も、律と海斗に笑顔でひらひらと手を振った。

うまく笑えているだろうか。自信はないが、二人の姿はやがてオレンジ色に染まった教室から見えなくなったので、すっと口角を下げる。

取り残されたのは、帰ろうとしていたはずのさくらちゃんと舞衣ちゃん、そして私だった。

「あの二人って、本当に美男美女カップルだよね」

「性格も良いいし、お似合いすぎて憧《あこが》れちゃう。……じゃあ、私たちも帰ろ」

さくらちゃんと舞衣ちゃんは、律たちを褒めちぎった後、私のことをちらりと一瞥《いちべつ》してから気まずそうに教室の扉を通り抜けた。

気まずいのは私だってそうだ。律がいなければ話すこともないクラスメイトなんだから、いくら部活があるとはいえ、先に帰ってしまったのはひどすぎる。

私は静かにため息を零《こぼ》して窓の外を見やった。

茜色《あかねいろ》の空には絵に描いたような丸い雲がいくつか浮かんでいる。九月の上旬は、まだ焼けつくような夏の暑さの名残でむしむしとした湿気があるが、風だけは秋らしく爽《さわ》やかになりつつあった。

よし、行こう。私はスクールバッグを肩にかけて腰を上げた。

私には、放課後に通っている場所がある。

＊

しんと静まり返る空間に、ページをめくる紙の音だけがひたすらに響いている。

背の高い本棚がずらりと立ち並んでいるものの、圧迫感がないのは、開放的な大きい窓が校庭側に配置されているからだろう。温かみのある木目の机は規則正しく整列していて、そこに生徒たちは適度な間隔を空けて座っている。

中でも私は眩《まぶ》い夕陽が射し込む窓際の席に座っていた。

私の特等席だ。なぜなら、サッカー部の練習が見られるから。

海斗……。

私は窓から校庭を眺めていた。

声を出し合ってグラウンドを駆け回るサッカー部の部員の中でも、ひと際輝いて目に映るのはただの一人しかいない。

一ノ瀬海斗。

幼稚園から高校までずっと一緒に過ごしてきた、私の幼なじみ。内気とか人見知りとか、そんな個性が現れてくる前に、隣にいるのが当たり前だった唯一の存在。

無邪気に関わっていた幼少期も、周りが男女差を意識し始める思春期も、変わらない態度で接してくれた大切な人だ。

そして私は、物心ついたときからずっと、海斗のことが大好きだった。

同じ高校に入ってクラスは離れたが、廊下や通学路で会えば声をかけてくれて、その度に私の心は弾んでいた。

もっとも、幼い頃から築いていた関係を壊したくなくて、私は告白しようだなんてさらさら考えていなかった。

海斗と私の関係は、今までもこれからもずっと変わらないのだとばかり思っていたのだ。そんな証拠は、どこにもないのに。

　だから、二年生になって律と海斗が付き合い始めたとき、ひどく衝撃を受けたことを今でもよく覚えている。

二人が知り合うきっかけになったのは他の誰でもない私の存在だったというのが、尚《なお》更《さら》愚かだ。校舎内で私が海斗に遭遇するとき、隣には大抵律がいたから、二人が接触するのはごく自然なことだった。

二年になって同じクラスになった途端、あれよあれよという間に距離が縮まり、ある日「海斗と付き合うことになったの」と律から報告された。

おそらくあれは五月初旬だった。他の人にしてみれば、同じクラスになって知り合ってからの交際スタートは最速だっただろう。しかし、私は律と海斗の交流が一年のときから既に続いていたことを知っていた。

あのときの辛《つら》さといったら、言葉では表しきれない。

頭のどこかで二人が惹《ひ》かれ合っていることを理解しつつ、それでも希望を捨てきれずにいた。

もしも私が海斗の幼なじみじゃなかったら、もしも私が律と仲良くならなかったら、と、今も頭の片隅で考えてしまう。

結果、私は四ヶ月近くも海斗への想いを諦《あきら》めきれずに図書室に通っているのだ。

——ガタン。

私はおもむろに席を立って、入り口付近の本棚に向かった。

図書室に来ているのに本を読まないのはおかしい。

放課後、私が窓からサッカー部の練習、いや、海斗を見ているとき、いつも手にするのは決まって夏目漱石《なつめそうせき》の『こころ』だ。

海斗と律の交際を告げられた最悪の日に、普段なかなか行くことのない図書室に逃げ込んでたまたま手に取ったのがこれだった。

その頃現代文の授業でちょうど取り扱っていたから目に留まっただけで、内容など特別印象に残っていなかったが、『こころ』を開いて顔を隠して大号泣した。その記憶は嫌なくらい残っている。

以来、海斗のサッカーを見るために図書室を訪れた際は、愛読書のように常に肌身離さず持っている。

「あった」

小さく呟《つぶや》いて、『こころ』を手に取る。

教科書にも取り上げられていて誰しもが一度は触れたことのあるような作品を、わざわざ図書室で読もうとする人はいない。百パーセントの確率で本棚にある。

図書室の本は全てコーティングフィルムで折り曲がらないようになっていて、その手触りは、書店で購入するつるつるとしたカバーの本よりも手に馴染《なじ》む気がした。

部活中の海斗を見るカモフラージュのために持っているとはいえ、四ヶ月も同じ本を持っているのだから実は結構愛着が湧いていたりする。

『私の胸にはその時分から時々恐ろしい影が閃《ひらめ》きました。はじめはそれが偶然外から襲って来るのです。』

そんな一文が日に入った。

こうして黙って海斗を想っていると、時折律の顔が思い浮かんで、罪悪感に苛《さいな》まれる。

私だって無慈悲な人間ではない。

海斗と付き合う前までは、律を失いたくない親友だと思っていた。

美少女なのに全く気取っていない律は、私以外の子ともすぐに打ち解けられるフレンドリーさを持っているにもかかわらず、性格が正反対のおとなしい私をなぜか気に入ってくれた。

本人には伝えていないが、唯一無二の友達を見つけられたように感じられて本当に嬉《うれ》しかった。彼女には素で接することができたし、そんな私を受け入れてくれたから。

だから、律のことを傷つけたいわけでも嫌いになりたいわけでもない。

律が私を信頼してくれていることも、この気持ちが全部「嫉妬《しっと》」という二文字で片付くことも十分わかっている。

しかし、どうしても思わずにはいられない。

もし私が律みたいに可愛かったら？　海斗は私を選んでくれたのだろうか――。

パッと顔を上げると、偶然にも海斗がシュートを決めたところだった。

かっこいいなぁ、と胸のときめきを覚えたとき、不意にカサッと乾いた音がした。顔と一緒に持ち上げた『こころ』に視線を戻す。

何だろう。手紙らしきものが、どこかのページから落下してきたようだ。

薄いブラウンの罫線《けいせん》が引かれている便箋《びんせん》に、何やら文字が書いてある。私はそれを静かに拾い上げた。

その内容を見て、思わず息を呑《の》む。

そしてこの手紙が、私の運命を変えることになろうとは、思いもよらなかった。

藍原美月さんへ

俺はずっと君のことが気になっていて、

一度でいいから話してみたかった。

佐藤

第一章　雨上がりのメランコリー

「美月、またね〜！」

「じゃあね」

今日も律と海斗は、二人揃って教室から去っていく。

どうせ部活後も一緒に帰っているのだ、教室から昇降口までの数十メートルくらいは別々でもいいのではと思ってしまう私がいる。

もちろん、それは恋人同士の二人にとっては貴重な時間なのかもしれないが。

しかし、姿が見えなくなったら二人のことはまるで気にならなくなった。

ここ三日間の私の脳内を占めているのは、紛れもなくこの紙切れ一枚なのだから。

図書室に向かう途中、メモ帳ほどの大きさの便箋を眺めながら歩く。

「藍原《あいはら》美月さんへ」という手紙ならではの書き出し。次に、ラブレターのような一文。

最後に、「佐藤」。

「うーん……」

廊下で一人唸《うな》ってしまった。

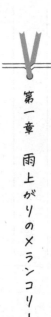

幸い周りには誰もいなかったので、怪しまれることなく済んだ。

図書室の重たい扉を引き中に入ると、冷房のひんやりとした空気が肌に当たる。同時に、ペラペラと便箋が揺れた。

窓際の特等席に座る。

暖かな夕陽が机を照らし出し、便箋を優しい色に染め上げる。

藍原美月、それが私の名前だ。

要するに、『こころ』に挟まっていた手紙はまさかの私宛て、それもラブレターと思わしきものだ。

普段、海斗以外の男子とは滅多に話さない私は当然告白なんてされたことはない。そんな恋愛とは無縁の私を「ずっと気になって」いたらしく、「一度でいいから話してみたかった」というのだ。にわかには信じがたい。

そして問題は、「佐藤」という知り合いに心当たりがまるでないことだった。

誰なのだろうか。「佐藤」なんてありがちな名字だが、一年のときのクラスにはいなかった。この「佐藤」という人と、必ずどこかしらで接触しているはずだと思い返してみても、全く記憶にない。

私は、こうして悩みに悩む三日を過ごしていた。

「……」

それにしても、この手紙を見ると変な気分になる。

恋愛経験のなさも認めざるを得ないが、ラブレターのような内容の手紙を読んでドキドキしないわけがなかった。律という存在感のある親友が常に隣にいるからか、自分に興味を持ってくれる人なんていないだろうと諦観《ていかん》していた私は、自分だけを見てくれる人がいるとわかるだけでも認められたような気がした。

黒のボールペンで綴《つづ》られている文字は、真剣さや誠実さが滲《にじ》み出ていて、いかにも丁寧に書いたことがよく伝わってくる。

佐藤くんとは、一体どんな人なのだろうか。

一生懸命過去を振り返ってみても、この高校で知り合った男子に佐藤くんという人はいなかった。

しかし、それは当たり前なのかもしれない。手紙を見る限り、佐藤くんと私は話したことがなさそうだ。「一度でいいから話してみたかった。」とあるから……というか、なぜ過去形なのだろうか。疑問が浮かんだところでハッとする。

これが入っていたのは、私がいつも手にする夏目漱石の『こころ』だった。つまり佐藤くんは、私が放課後図書室を訪れて、『こころ』を手にしていることを知っている。

反射的にキョロキョロと辺りを見回した。この中に佐藤くんがいるかもしれない。私が座る端の位置から見えるのは、八人だ。その中に男子は二人だが——どちらも本に夢中でこちらに目もくれない。仮に私のことが気になっていたら、ちらりと様子を窺《うかが》ったりしないだろうか。

では、もうここにはいないのか。

私が『こころ』を取ったときに既に手紙が入っていたから、放課の前に入れたということも十分に考えられる。

何かのきっかけで私が放課後にこの本を読んでいることを知って、三日前だけ図書室に足を踏み入れたのだろうか。

手紙、読みました。

二年二組の藍原美月で合ってますか？

私の知り合いに佐藤くんという人が思いつか
なくて……ごめんなさい。

あと、図書室の本に挟んでしまうと他の人が見るかもしれません。

次の返事は、靴箱に入れるか、直接お願いします。


よし、できた。

メモを日の光にかざすと、指のシルエットが透けて見える。

わからないときは正直に言った方がいい。手紙なんて久しぶりに書いたから、少し堅苦しい文章になってしまったが、伝えたいことはしっかりと入れてある。

とは言え、佐藤くんが次の返事を直接持ってくるとは考えづらい。最後の一文には、賭《か》け的な側面がある。

次の返事を直接持ってくるくらいなら、最初から直接持ってきたはずだ。勇気がないとか恥ずかしいとか、理由はわからないが、毎日のように私が読んでいる『こころ』に手紙を挟むという方法で私に手紙を渡したのだから。きっと佐藤くんは奥手なのだろう。

おそらく明日以降、靴箱に入っている可能性が高い。私はそう踏んで、『こころ』の適当なページにメモをすっと差し込んだ。

＊

そんな私の予想は大外れした。

「な、なんで……」

翌日。佐藤くんからの手紙を受け取ったのは、直接でもなく、靴箱でもなく、またもや『こころ』のページの間だった。


まさか返事が来ると思ってなかったから、信じられない。でも嬉しいな。

この手紙、いつ受け取った？

教科書に載ってるものを、わざわざ図書室で

読もうとする人なんていないさ。


一回目と同じ茶色の罫線《けいせん》の便箋《びんせん》に、女子である私より綺麗《きれい》なのではないかと思うような字が書かれている。

驚いた。佐藤くん、危機感がなさすぎる。

いくら誰も読まないとは言っても、一応図書室の本なのだから、もしかしたら他の人が手に取ることもあるかもしれない。それを昨日ちゃんと伝えたつもりだったが、佐藤くんは理解してくれなかったようだ。

私はすっかり頭を抱え込んでしまった。

朝昇降口で靴を履き替えたとき、そして体育で校庭に出たときの、少し緊張した気持

ちを返してほしい。直接渡しに来ることはないと思いつつも、廊下をチラチラと確認していた時間だって返してほしい。

校庭では、海斗がパスを受けてドリブルをしているところだった。

距離はそれなりにあるが、真剣な表情と汗を拭《ぬぐ》う姿が目に入って心臓が跳ねる。一般論などではなく、本当にかっこいい。

海斗は成長するにつれて、長年近くにいた私でさえ見たことのない顔をするようになった。まだ、律と付き合う前廊下で会話しながら照れてはにかむような表情をしていたことも、脳裏に深く焼きついている。

さて、今はとりあえず佐藤くんへの返事を考えなくてはならない。いや、返事をする義務はどこにもないが、無視をするというのもなんだか落ち着かなかった。

私はよく真面目だと言われる。

施されたものは同等かそれ以上に返したくなるし、指示されたことはなるべく完璧《かんぺき》にこなしたい。だからきっと、佐藤くんからの手紙を怪訝《けげん》に思いながらも無下にはできないのだろう。

律や海斗には度々呆《あき》れられるが、これが私の性格なのだから仕方ない。

最近はそれに曲がった心が追加され、面倒臭さを余計に拗《こじ》らせている気もする。

メモを一枚切り離し、ペンを持つ。

佐藤くんが誰なのか、どうして私を気になっていたのか、早く知りたいという一心で、さらさらとペンを走らせた。

四日前に図書室で受け取りました。

佐藤くんは、何組ですか？　下の名前は？

どこで私のことを知ったんですか？

質問攻めになってしまった。一度に聞きたいことがありすぎた。

私は薄っぺらな紙を『こころ』に挟んで入り口付近の本棚に向かう。そして定位置に本を戻してピタリと動きを止めた。

うん、少し奥にしよう。

本を他の背表紙と整列させず、あえてグッと強く押し込んだ。

これで他の人から背表紙が見えない。どうせなら違うところに隠そうかとも思ったが、それだと次に佐藤くんが困ってしまうため諦《あきら》めた。

「……あ」

これ、面白そう。

私の目に留まったのは、『作ってみよう！　抹茶スイーツ』というA４の雑誌だった。図書室の貸し出しカウンターの前に設置された特設コーナーには、図書委員のおすすめの本が何冊か並べられている。文庫本ばかりの中で、写真が使われたサイズの大きい雑誌はひと際目立っていた。

自分で言うのも何だが、意外にも私は女子らしいと思う。

料理やお菓子作りは日頃からよくするし、手芸や裁縫も好きだ。

しかし、律と仲良くなって、そういう一面があることを言いづらくなってしまった。「可愛い」は律のものだ、という意識が知らず知らずのうちに芽生えていたのだ。顔も性格も可愛い律ならば、女の子っぽい趣味もよく似合ったのに、と羨《うらや》ましくなる。今となっては、誰かに知ってほしいとも思わなくなったが。

パラパラとページをめくると、次から次へとおいしそうなスイーツが登場する。

抹茶の濃い緑は一日の授業で疲弊した脳を刺激し、食欲をそそる。

手順も少なめで易しそうに見えたので、借りてみようと思い貸し出しカウンターに向かった。仕切りのある棚から、自らの貸し出しカードを取り出して図書委員に本を渡す。

「お願いします」

「はい。では、二週間後に返却してください」

図書委員の男子は、慣れた手つきでバーコードを読み、ぶっきらぼうにレシピ本を差し出した。

うわ、愛想ない。コンビニや飲食店でこういう店員さんがいたら、間違いなく悪印象だ。

少々怯《おび》えつつレシピ本を受け取ると、その間には二週間後の日付が記された細長い紙が挟まれている。うっかり返却を忘れてしまわないようにと脳に刻み込んだ。

もしかしたら、佐藤くんはこの場面を見ていたりするのだろうか。ハッとして後ろを振り返っても、誰とも目が合わなかった。

今日も佐藤くんの正体はわからずじまいだったが、きっと次回こそは明らかになるだろう。

私はそう信じて疑わなかった。

＊

週末が明け、また憂鬱《ゆううつ》な一週間が始まる。朝晩は気温が低くなってきたが、日中はやはりまだじめじめとした湿気がある。

夏と秋が半分混ざり合ったような空気の匂いが鼻を掠めた。八月とは違った涼やかな風が廊下にまで吹き抜け、優しく肌を撫《な》でた。

「移動教室って大変だよねぇ。しかも化学のビデオだよ？　絶対寝ちゃう～」

「律は化学苦手だよね。分かれば結構面白いと思うんだけどな」

「頭良いのほんとに羨ましいなぁ。美月の学力分けてほしい～」

午前中の化学基礎の授業は、よく視聴覚室でビデオを見させられる。私は化学自体割と好きな方だが、律の言う通りビデオは結構退屈だと思う。そのためにわざわざ移動教室をしなくてはならないのも面倒だ。

「そう言う前に、もっと勉強頑張ってね」

「はぁい……」

私の言葉に、律はオーバーに落ち込んだふりをして手を軽く挙げる。

努力してから言いなよ、とも思ってしまう。律の場合勉強していないだけで、学力なんてものはそれなりの勉強時間を確保すれば手に入るのだから。元々要領も良いのだし、やる気さえあればすぐに伸びるような気がする。

「ねえねえ、見て」

すると、律はいきなり声のボリュームを落として耳打ちしてきた。

視線の先を辿《たど》ると、もう三時間目だというのにリュックを背負ってのうのうとやってくる男子の姿があった。それはそれはものすごく目立っていて、廊下を歩く人は必ず彼を二度見している。

「杉浦《すぎうら》くんだ」

彼の名は、杉浦冬馬《とうま》。

私たちと同じ高校二年生だが、クラスが違っていて関わりはない。

しかし一方的によく知っている。というか、うちの高校で知らない人はいないだろう。

杉浦くんは俗に言う〝不良〟なのだ。

毎日のように遅刻してきて、誰ともつるもうとしない一匹狼タイプ。なぜ遅刻してくるのかは色々と噂されているが、薬物の影響で睡眠障害が起きているという説が今のところ一番有力なのだとか。真実か否かは措《お》いておいて、あることないこと囁《ささや》かれている。

杉浦くんが注目を浴びるのは、整いすぎた外見のせいもある。

太陽に照らされて一層輝くはちみつ色の髪は、クールな顔立ちをより際立たせている。鼻筋はスッと通っていて、形の綺麗《きれい》な瞳《ひとみ》には吸い込まれそうな光が宿っている。モデルかと思うほどスタイルも良く、体育会系の部活に入っていないにもかかわらず鍛えられた筋肉質の身体には、同い年とは思えない色気があった。

直接接触することはないものの、彼には確実に隠れファンがいる。完璧な容姿に加え、他を寄せつけない圧倒的なオーラが一目置かれるのはなんとなくわからないでもない。

一部の女子は、他人と馴《な》れ合わない妙な大人っぽさが逆に良いのだそうだ。

ちなみに私は絶対に関わりたくない。

「私、ああいう人苦手だな……」

「えぇ、でもめちゃくちゃかっこいいよ～」

かっこいい？　思わず律の顔を覗《のぞ》き見た。

前方から堂々とやってくる杉浦くんは、確かに容姿には恵まれているのかもしれないが、全く魅力的には見えない。

いや、あなたの彼氏の方がよっぽどかっこいいけど……。私は心の底からそう思って、遠くの杉浦くんの姿を視界の端に捉《とら》えながら尋ねる。

「律って、杉浦くんみたいな人がタイプなの？」

隣でまるで片想いをしているかのような横顔をするから、つい少し強い口調になってしまった。ただの質問というわけでなく、ありえないという否定のニュアンスを含んでいた。

「タイプっていうか、あんなにイケメンな男子いないよ！　私、もしフリーで告白されたとしたら絶対付き合っちゃうもん」

「……え？」

「逆に断る人いるのかな？　まあ結局、杉浦くんは遠巻きに見てるだけで満足しちゃうかも～。なんか、かっこよすぎて近づけないよねっ」

律の発言にふつふつと苛立《いらだ》ちが湧いてくる。心臓の音が鼓膜の奥に耳を塞《ふさ》ぎたくなるほど鳴り響いた。

海斗という彼氏がいるのに、この子は何を言っているのだろう。

しかも、海斗がいなかったら付き合ってたって？……信じられない。

ずっと海斗を好きでいるのが馬鹿馬鹿しくなってきた。もちろん律の無神経さにも腹が立つが、それよりも海斗に選ばれた律が人を見た目で判断するようなセリフを吐くことに落胆していた。結局律だって、見た目で好きになったということなのか。私は、海斗の優しさや誠実さを誰よりも理解して、その部分を好きでいるのに。

そう言うくらいなら私に譲ってよ、と心の中で叫んだ。

顔が整ってさえいれば、杉浦くんでもその他の男子でも、海斗じゃなくたっていいのなら、海斗だけを見てきた私に……。

「ちょっと～、美月の顔怖いよ？　どうしたの？」

律は私の顔を覗き込んで、若干心配そうな表情で眉尻《まゆじり》を下げる。

「……はは。ごめん」

私は薄ら笑いをしつつ、行き場のないやるせなさを感じていた。

ドクドクとうるさく脈打つ鼓動は静めようとすればするほどかえって速まっていき、胸には太い針が刺さって抜けないような痛みが襲ってきた。

「大丈夫？　美月が元気ないと心配になるよ～。何かあったら、すぐに言ってね？」

「……ううん、大丈夫。ありがとう」

とてつもなく苦しい。怒りなのかショックなのか、悲しみなのか失望なのか、ぐちゃぐちゃした想いが胸の中を渦巻く。できる限り感情を表に出さないように、早口で応《こた》えた。

いつからだろう。律に伝えられない不満を抱くようになってしまったのは。話しているだけで元気が出て、くだらないことも笑い合えた日々が遠い昔のように思えた。

もう、親友とは呼べないのかもしれない。私たちの関係は、とっくに崩れていたのかもしれない。

そんな複雑な気持ちを抱えながら前を向くと、杉浦くんとすれ違いざまに目が合った。

＊

やっぱり、俺のこと覚えてるわけないか。

クラスも顔もわからない相手なんて怖いよな。

だけど、ごめん。まだ藍原さんに直接会う勇気がなくて、教えられない。

それでも、君と話していたいし、君のことをもっと知りたいんだ。

わがままなのはわかってる。

どうかこのまま、本に挟んで文通を続けてくれないか？

お願いだ。

その日の放課後、図書室にある『こころ』に手紙が挟まれていた。

これを見た私の最初の感想は、ずばり、「自分勝手だなぁ」だった。

佐藤くんは私の素性をよく知っているが、私は佐藤くんのことを何も知らない。「佐藤」という名字以外、本当に何もわからないのだ。

しかし佐藤くんは、「教えられない」と正体を明かすことを拒んだ。勇気がないとは書いてあるが、私のことを気になっていると言っていたことも、あまり信用できなくなってしまった。

「……」

私は静かに便箋《びんせん》をふたつに折り畳んでスクールバッグに仕舞い込む。

午前中の律とのやり取りに落ち込んだのもあり、返事を書く気になれなかった。

「俺のこと、覚えてるわけないか」って、どういうこと……？

私は窓の外をぼうっと眺めながら思いを馳《は》せる。校庭では私の思い悩みなど嘘のように、部活に所属する生徒が一生懸命に練習に打ち込んでいた。運動部はハードな練習も多いので、皆が皆楽しそうな笑顔をしているわけではないが、それでも私の目には十分に生き生きとして見えた。

私は絶対に、過去に佐藤くんと会っている。そうでなければ、佐藤くんが私のことを気になるはずはないし、そもそも認識することすら不可能なのだから。

きっと私たちの出会いは、私にとっては些細《ささい》なことで、佐藤くんにとっては強く記憶に残る重大なことだったのかもしれない。だから私がすっかり忘れてしまっていても、佐藤くんは私に手紙を渡した。それほど私たちの間で気持ちに差異がある出会いだったと仮定すれば辻褄《つじつま》が合う。

やはり一向に思い出せそうにないので諦《あきら》めることにした。

どんな人にもなるべくなら律儀でいたいが、それも時と場合による。もちろん与えられた仕事や定められた役割は果たしたいと思うし、中途半端に投げ出したくないから最後までやり遂げたい。しかし、文通においてはそういうのとはまた別で、双方の意思があって初めて成り立つものである。

私が真面目なのは何より自分のため、自分に甘えたくないという心が働いているからであって、誰かの役に立ちたいとか誰かのために行動しているわけではない、と思う。だから佐藤くんには申し訳ないが、返事をする義務やメリットはどこにもない上、彼のために文通してあげようという方向にも向かわない。

これからは、返さなくていいか。

そして私は、「お願いだ」というボールペンの強い筆圧を見なかったことにした。

＊

空を分厚い灰色の雲が覆い、冷たい雨が早朝から降り続いていた。今までの蒸し暑さが一蹴《いっしゅう》され、辺りに充満する空気は本格的な秋らしさを迎えたようにグッと冷え込んでいる。その重々しい空模様と私の気分は、まさに比例しているようだ。

いつもより暗めな教室の中では、蛍光灯の明かりを頼りにして生徒が下校する準備をしているところだった。

「これ、喜んでくれるかなぁ？」

律は小ぶりなショップバッグを掲げて言った。

「うん。海斗は何でも喜んでくれるよ」

「そうだといいなぁ」

今日は海斗の誕生日。何をプレゼントに選んだのか聞くつもりはなかったのだが、律は朝一で私に報告してきた。結局、スポーツウォッチにしたらしい。週末、さくらちゃんと舞衣ちゃんにプレゼント選びに付き添ってもらったのだそうで、以前食い違っていた二人の意見の間を取るようなものを選んだのだなと思った。

「おーい。部活行くぞ」

「海斗！　うんっ、行こ〜」

教室後方の入り口に近い私の席までやってきた海斗に、律はすぐさま駆け寄った。

海斗と部活に向かうのが日課であるのに、いつも海斗の席には行かず私に話しかけにくることに少しだけ疑問を覚えてしまう。必然的に海斗が合流するから、嬉《うれ》しくもあり虚《むな》しくもある。

「海斗、……お誕生日おめでとう」

面と向かったのに何も言わないのは気が引けて、私は控えめに言った。幼い頃から互いの誕生日に祝福の言葉を言い合っていたのもあり、その話題に触れないと逆に不自然だと感じた。

「ありがと。覚えててくれたんだな」

「当たり前だよ」

海斗に笑顔を向けられてしまうと、照れ隠しのためについ意地を張ってしまう。

「俺も覚えてるよ、七月二十三日な」

「うん……」

ドキン、と心が弾んだ。海斗こそ、覚えていてくれたんだ。暗記しているのはてっきり私だけかと思っていたから、すらっと日付を口にしてくれたことに心がじんわりと温かくなる。

「あーそっかー。美月の方が一応年上なのか。なんかやだな」

「何それ……！」

ぷうっと頬を膨らませ表面上はへそを曲げているようにして見せたが、たまに海斗の子供っぽい一面が窺《うかが》えると、気を許されているような感じがしてなんだか嬉しかった。

「じゃあな」

「美月バイバーイ！」

「また明日ね」

軽く手を振って、二人の後ろ姿が消えていくのを眺めた。

お誕生日おめでとうって言えて良かった、と思った。他愛もない会話でも私にとっては幸せな時間で、すぐに胸がいっぱいになる。

非の打ち所がない律の笑顔は、今は少し力んでいた気がする。この後誕生日プレゼントを渡すというミッションが待っているから、きっと今からそわそわしてしまっているのだろう。

グラウンドの水たまりは大きく、サッカー部はおそらく体育館の練習に切り替わっている。そうなると、図書室に行く意味はない。仕方ないので今日はこのまま帰ろうとスクールバッグを肩にかけて教室を出た。

佐藤くんには、もう一週間も返事をしていなかった。

誰だかわからない人のために労力を使うのはどうかと思ったし、催促の手紙が挟まっていることもなかったため、このまま文通は終了するつもりだった。

「……あれ……」

昇降口まで向かう最中、スクールバッグの中に手を突っ込んで折り畳み傘を探していたが、一向に見つからない。今朝家を出るときに入れた記憶は確実にある。もしかしたら、教科書やノートと一緒に机の中に移してしまったのかもしれない。というか、それしか考えられない。

階段を下りて昇降口が見えてきたところだったが、私は教室へ引き返すことにした。

歩く度に、湿気を帯びた廊下と上履きがこすれてキュッキュッと摩擦音がした。

教室に到着すると、後ろの扉が開けっ放しになっていた。私は何気なく入ろうとして、慌ててピタッと足を止める。何となく悪い予感が身体を駆け巡った。

「美月ちゃん、ヤバくない？　さっきの会話聞いてた？」

思わず息を止めた。咄嗟《とっさ》に扉の陰に身を隠す。

今、美月ちゃん、と聞こえた。

「一ノ瀬くんの前での態度ね～。この前もそうだったけど、舞い上がってるのバレバレ」

えっ？

一気に心拍数が跳ね上がった。バクバクと心臓が暴れ出し、喉《のど》にまでせり上がってくるような鈍い痛みが伴う。

「私たちとか、女子と話すときの態度と全然違うよねー。イケメンと話せて嬉しいって、絶対思ってるでしょ」

扉一枚を隔てて聞こえてくる二人の声。これはきっとさくらちゃんと舞衣ちゃんだ。

まだ鼓動が耳の奥で鳴り響いていて、あまりの苦しさに胸を両手で押さえた。最初こそ混乱して状況が摑《つか》めなかったものの、徐々に陰口を言われていることを理解していく。噴き出た冷や汗が額に滲《にじ》み、息が詰まるようだった。

私って、そんな風に思われていたんだ。

「りっちゃんがいなかったら、一ノ瀬くんと関われないだろうしね。美月ちゃんって、地味に一ノ瀬くんに片想いしてそう」

違う。二人の言っていることは、間違っている。確かに海斗と話せるのは嬉しいし、舞い上がるし、片想いだってしている。それは認めるが、律がいるから海斗と近づけたわけではない。

むしろ、私が先だ。私が海斗と幼なじみだったから、私がいたから、律は海斗と出会うことができた。

それを直接言えないのがもどかしい。二人に誤解されていることが悔しい。

予期していなかった自分への悪口を耳にし、平常心でいられるはずがなく、私はその場に呆然《ぼうぜん》と立ち竦《すく》んだ。

私と海斗が幼なじみだと知ったところで私の印象が変わるとは思えないし、わざわざ誤解を解くのも馬鹿らしい気がした。二人が鼻についているのは私の態度であるのだから、もうどうしようもないと思ってしまう。

なぜこうもうまくいかないのだろうか。私に関わること全部が仕組まれているのかと疑うほどに悪化していく。何もかもが嫌になって、全て投げ出したくなる。

周りの雑音が遮断された絶望の世界から、さくらちゃんの「そろそろ帰る？」という声でやっと我に返った。

早く行かなきゃ。鉢合わせてしまったらまずい。

鉛のように重い足をどうにか動かして、先ほど帰ろうとした方向とは反対に走り出した。私の足は自然と、気持ちを落ち着かせられる場所を求めていたのかもしれない。

「はぁ……っ、はぁ……っ」

苦しいのは走っているからだ。だんだんとぼやける視界になぜだか余計に悲しくなって、胸が圧迫されると息切れが加速していった。

廊下に突き出した『図書室』というプレートがようやく目に入り、理由もなくほっとした。

走るスピードを緩めて扉の前に立ち、しばらくはそこで呼吸を整える。ふとしたときに二人の言葉がフラッシュバックしてきて、感情のダムが決壊するような感覚に襲われる。

静かに扉を引くと、本の懐かしい香りがふわっと漂い、違う意味でまた泣きそうになってしまった。私の居場所は、この図書室にしかないのだ。

入り口付近の本棚から、『こころ』を手に取り、パラリとページをめくってみる。

どこにも佐藤くんからの手紙はなかった。私が返事をしていないのが原因であることはわかっているが、催促してこないあたりに佐藤くんの人柄が表れていると感じた。もしくは、それほど私に興味がないのかもしれないが。

私は本を持っていつもの窓際の席に腰かけた。

大きな窓からは、閑散とした校庭に歪《いびつ》な水たまりが浮かんでいるのが臨めた。灰色の雨空のもとではやはり部活動は行われていなくて、東側にある体育館から暖色の光が漏れているのが目立った。ぽつぽつと規則正しい音を立てている雨が、その水面に降り注ぐことで可視化している。

ツン、と鼻の奥が痛んだかと思えば、瞳《ひとみ》にゆっくり涙が浮かんできて、雨の雫《しずく》が大粒になったと錯覚できるような靄《もや》がかかった。

泣きたいわけではないのに、抑え込んでいた気持ちが一度溢《あふ》れてしまうと取り返しがつかなかった。

私と海斗との関係を知らずに、憶測で陰口を叩《たた》かれることは当然ながら悔しいが、私が今こんなにも心が痛いのは、二人の言葉が単純にショックだったからだ。

他の人から良く思われていなかったら、誰だって傷つく。人間なのだから、好かれたら嬉しいのは当たり前、嫌われていたら落ち込むに決まっている。

律のように誰からも好かれたい。どんなに努力しても容姿では追いつけないから、せめて内面だけでも変われたらいい。

しかしそれはあまりにも難しくて、到底不可能なことだと思い知らされる。私はどの点においても劣っているのだ。

佐藤くんは、こんな私のどこが良かったのだろう。隣にはいつも全方位パーフェクトな女の子がいるというのに、どうして私なのだろう。

私は気づいたら、メモ帳とペンケースを取り出していた。

ボールペンを持って机に向かうと、下を向いた反動で涙がポタッとメモに垂れて小さなシミを作った。

最初に「ずっと君のことが気になっていて、一度でいいから話してみたかった」と、返事を受け取った後には「嬉《うれ》しい」と、私には眩《まぶ》しすぎるほどまっすぐな言葉たちが並べられていた。

しかし、それまでと比べて格段に丁寧な字で書かれた「どうかこのまま、本に挟んで文通を続けてくれないか？　お願いだ」という手紙を、私は自分の都合で無視した。今だって、涙が出るほど心が折れているから、佐藤くんを頼りにしようとしている。

それでも、こんな私が良いと言ってくれるなら——その一心で一週間ぶりに返事を書いた。

どうして私なんですか？

私のことを知っているなら、ものすごく可愛い友達と一緒に行動していることだってもちろん知っているでしょ？

それなのに、何の取り柄もない私が気になるなんて

正直、信じられない。

＊

キーンコーンカーンコーン。

次の日、放課を告げるチャイムと同時に教室を出た。私の席に来る前に、律には急いでいることを伝えた。

佐藤くんからの返事が気になって仕方ない。というか、私の方が一週間も手紙を返していなかったから、すぐに見てくれたとは限らない。あまり過度な期待はしないようにして授業の終わりを待ち続けた。私が昨日傷ついたことなんてつゆ知らず、さくらちゃんと舞衣ちゃんが何食わぬ顔で過ごしていたのがまた複雑だった。

図書室に到着して、『こころ』を本棚から抜き取る。

入っていない、昨日の今日で返事は来ていない。そう思いつつ、私は心の片隅ではもしかしたら……という希望を捨てられなかった。

パラッと本を開くと、ある見開きのところで違和感を覚えた。そこには、一枚の便箋《びんせん》が挟まれていた。

君にしかない良さがある。

少なくとも俺は、わかってるから。

何かあった?


思わず口を手で押さえた。胸が摑《つか》まれたように痛かった。

たったの三行に目頭が熱くなって、見慣れた便箋を不意に強く握り締めると、少しだけ皺《しわ》ができてしまった。

短い文章の中に、佐藤くんの人柄が凝縮されているようだった。

自分でもわかっていない良さを、わかってくれている。ずっと返事を書いていなかったことを問いただしもせず、「何かあった?」と心配してくれる。柔らかく包み込んでくれるような優しさに、鎖《とざ》されていた心が解放された気分になった。

なぜか、佐藤くんなら私がほしい言葉をくれるような気がしていたのだ。やはり、佐藤くんの言葉に救われている私がいる。

胸がじんわりと温まって、理由もなく泣きたくなった。こんなのはおかしい。昨日のように悲しいわけではないのに。

そして、どうしても気になってしまう。佐藤くんは、一体誰なのだろうか。私の良さをわかってくれる人とは——。

ずっと仲良くしてた友達を好きじゃなくなって
しまいそうだったり
生きてても辛いことばっかりで最近嫌になって
たの。
心配かけてごめんなさい。

でも大丈夫。ありがとう。

それから、やっぱり誰だか気になります。

まだ教えてくれない？

誰にも言えない悩みを、佐藤くん相手ならためらわずに綴《つづ》ることができた。深刻な悩みほど近くの人には相談できず、ある程度無関係の人には話せてしまうのと同様に、佐藤くんのことを何も知らないからこそ打ち明けられたのかもしれない。そうなると、最後の二文はその都合の良い関係を自ら壊しに行っているようだが、佐藤くんが誰なのか気になる気持ちも大きいので致し方ないことだ。

本に手紙を仕舞って特等席に座りながら、私は過去の行動を顧みていた。

私が今まで手紙を入れたのは、放課後少し時間が経ってからだ。私の席までやってくる律と話すのが日課になっているから、図書室を訪れる時間自体がそもそも遅い。そんな私と遭遇しないということは、放課後私が来る前、即座に手紙の返事を入れているのだろうと思い込んでいた。

しかし急いで図書室に足を踏み入れた今日も、佐藤くんと会うことはなかった。つまり、私が来る前に手紙を挟んでいるわけではないということである。佐藤くんはどうやら、私が帰った後、もしくは放課の前に手紙を入れているらしい。

それにしても、全く鉢合わせしないのってすごいなぁ、と改めて思った。私が放課後ゆっくり図書室を訪れるのをわかっているとは言え、もしかしたら授業の合間の休み時間に来てしまう可能性もあるわけだし、閉館ギリギリまで居座ることもあるかもしれない。そうなったらどうするのだろうか。

正体を教えるのをいくら憚《はばか》ったところで、時間の問題のような気がする。何となくだが佐藤くんはまだ素性を明かしてくれないような感じがしたので、今度色々な方法を試して様子を見てみようと決心した。

「藍原さん」

そのとき、背後から不意に名前を呼ばれた。ビクッと肩を震わせ、素早く振り向く。

「驚かせちゃってごめんね」

ああ、びっくりした……！　心臓が止まるかと思った。

顔の前で手を合わせて申し訳なさそうにしていたのは、国語教師のこうちゃんだった。若くて親しみやすいから、生徒の間で密《ひそ》かにそう呼ばれている。

いや、本当に驚いた。図書室では顔見知りには滅多に会わず、当然誰かに声をかけられるなんてことはないから、何が起きたのかと一瞬頭が真っ白になってしまった。

「どうしたんですか？」

「藍原さんが図書室にいるのって珍しいなぁ、と思って。ほら、僕の現代文の授業も結構退屈そうだったからね」

……嫌味か？　思わず顔をしかめた。

確かにこうちゃんの授業は、というよりも現代文の授業は面白みがない。解釈にただ一つの正解が用意されていることがいかにも教育的でつまらないのだ。それでも一応きちんと授業を聞いているつもりだったが、穏やかそうに見えるこうちゃんに意外にも見抜かれてしまっていた。

「そんなことないですよ」

「藍原さんは成績良いからね。次のテストも期待してるよ」

「ありがとうございます……」

苦笑交じりでお礼を言うと、こうちゃんは軽い足取りで図書室を出て行った。

何だったんだ、今の。まだ動揺したままの心を鎮めるために窓の外を見た。

昨日の雨天とは打って変わってカラッと晴れた空の下で、生徒たちは部活に打ち込んでいる。窓のこちら側と向こう側で違う世界にいるようだ。そのときちょうど視界に映ったのは、光る汗を流しながらボールをキープする海斗だった。手を挙げた味方に精度の高いパスを出し、滴る汗を拭《ぬぐ》っている姿は、青とオレンジのグラデーションの空によく似合っている。

図書室は落ち着く。海斗を見るために訪れていたはずだったが、今やそれだけではないことに気がついていた。一人になって空を見て、静寂にページをめくる心地よい音を聴いていることが、何よりの癒《いや》しになっている。

そして佐藤くんとの文通も、未《いま》だ不思議に思う気持ちは残っているものの、図書室に来る目的になりつつあった。

＊

藍原さんは、その友達のことが大事なんだな。

思っていることの全部じゃなくていい、

一%でも伝える努力をしてみたらどうか？

ごめん。俺のことは言えない。

✉

ありがとう。

今度、頑張って伝えてみようと思う。

教えてくれないなら、私が佐藤くんのこと探してみてもいい？

＊

「見て見て！　このパンケーキ、すっごくおいしそう〜」

「ほんとだ」

生クリームとベリーソースがふんだんに使われたふわふわのパンケーキの画像を見せてくる律に、帰る用意をしながら相槌《あいづち》を打った。写真投稿アプリには、流行《はや》りのスイーツやコスメなどが次から次へと現れる。私は一応アカウントは所持しているが、可愛いものの写真を見る専用で使っている。

「でも、海斗は甘いものそんなに好きじゃなかったよね？」

「えっ？　ああ、海斗じゃなくて、美月と行きたいなぁって思ったの。こういうの嫌いかな？」

不安げにこちらを見る律は上目遣いになっていて、しかもそれを無意識にできてしまうのが羨《うらや》ましい。私が男子だったら、どんなことを頼まれても承諾してしまいそうだ。

「嫌いじゃないけど……」

「じゃあ、決まりね！　やった〜、楽しみ！」

律は満面の笑みを浮かべながらスマホを両手でギュッと握った。

佐藤くんの言う通り、私は律のことが大切だ。だから昨日手紙を見たときには思わず目を見開いてしまった。私の根本にある気持ちをよくわかっていることに驚いた。真面目でつまらない私を純粋に好いてくれる子なんて、律くらいしかいない。失いたくない、かけがえのない親友だからこそ、嫉妬《しっと》で嫌な感情を抱いてしまうことが苦しかった。

「思っていることの全部じゃなくていい、一％でも伝える努力をしてみたらどうか？」

という佐藤くんからの言葉を思い出して、私は息を吸った。

「律」

「ん？　どうしたの？」

私が名前を呼ぶと、律はきょとんとして目を合わせる。

今までずっと心の中であれこれ思うだけで、何も口にしてこなかった。しかしそれではダメなのだ。一パーセントだけでも伝えないと始まらない。律を好きじゃなくなったと言うのは、それからだ。

「律は、海斗のこと……どうして好きになったの？」

「え？　どうしたの？　いきなり」

案の定首を傾げられてしまう。突然の質問だったから不審に思われるのも当然だ。

「この前、杉浦くんのことをかっこいいって言ってたから、海斗のことも見た目で選んだのかと思っちゃって……」

律、怒らないかな？　それとも、そうだよ、ってあっけらかんと言うかな？　そんな二つの選択肢が脳内を占めていて、心配しながら律の口から紡がれる言葉を待っていた。

すると、律はいつものトーンで柔らかく声を発する。

「杉浦くんと海斗は別！　海斗は顔もかっこいいけど、それだけじゃ好きにならないよ〜。話してて楽しかったの。あとは……美月と仲が良いなら、絶対に悪い人じゃないなって思ったんだ〜」

返ってきたのが意外な言葉で、私はハッとさせられた。

初めて聞いた。律がそんな風に思っていたことを、私は全然知らなかった。

「……そっか。変なこと聞いちゃってごめん」

何気なく謝ると、律は「ううん、気にしないで〜」と笑い返してくれた。

もしかしたら、律のことを勝手に決めつけている部分が多いのかもしれない。海斗への恋心が残っていることもあり、コンプレックスや嫉妬はまだまだ消えそうにないが、律がどうして海斗を選んだのかという理由だけでも聞けて良かったと思った。

これも全部、佐藤くんが背中を押してくれたから。思っていることの一パーセントを伝えられただけでも、晴れやかな気持ちが広がっていた。

＊

そして清々《すがすが》しい気持ちのまま図書室に向かい、『こころ』を手に取った。

昨日の返事で、クラスも顔も知らない佐藤くんが気になり、一か八か「探してみてもいい？」と聞いたのだ。おそらくダメだと言われるけど……そう思いながら便箋《びんせん》を見つけて、あっと声を上げそうになってしまった。

――――――――――――――――――――

――――――――――――――――――――

探すのはいいけど

――――――――――――――――――――

見つからないと思うな。

――――――――――――――――――――

――――――――――――――――――――

嘘……！　探しても良いんだ。

手紙の内容を読んで、つい口角が上がってしまう。

しかし、見つからないことに絶対の自信があるようなニュアンスに読み取れる。それがなぜなのか疑問に思いつつ、私は決意を固めていた。

絶対に、佐藤くんを見つけたい……。

ここから私の「佐藤くん探し」が始まった――。

第二章　秋色のラビリンス

肌寒い秋風が地面に留《とど》まっていた葉をふわりと持ち上げ、廊下から見下ろせる中庭に紅や淡黄の絨毯《じゅうたん》を敷きつめている。雲一つない大空には、抜けるような青がどこまでも続いていた。十月を迎えようとしている今日、長袖《ながそで》のブレザーを身に纏《まと》って私自身も秋に備えようとしている。お弁当を食べ終わってお手洗いを済ませた後、つい秋空の美しさに足を止めてしまった。

「美月」

「わっ！」

そのとき、肩をポンッと強く叩《たた》かれた。いきなりで全く気配を感じていなかったので、大きな声を出してしまう。

振り返ると、そこにいたのは海斗だった。

「何？　びっくりした」

「美月がぼけーっと外見てたから、驚かせようと思って。大成功だな」

「やめてよ。心臓止まるかと思ったよ」

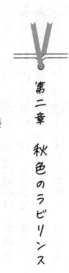

やんちゃな笑顔を見せる海斗に心音が大きくなっていく。トイレから出て偶然私を見つけたらしいが、そこで声をかけようとしてくれたことをとても幸せに感じた。

しかし、手首には今まで見覚えのない腕時計が巻かれていて、一瞬にして現実に引き戻される。これは、律が海斗に誕生日プレゼントとしてあげたものだ。すぐに気づいた。

海斗は私のことなんてただの幼なじみとしか思っていない。律のことしか見えていない。頭ではわかっていても、心臓がズキンと痛んだ。

「ねー、昨日のドラマ見た？」

海斗のスポーツウォッチに目がいっている間に、不意に女子の高い声がして途端に焦り始める。これは舞衣ちゃんの声だ。

予想通り、さくらちゃんと舞衣ちゃんが女子トイレから姿を現した。

「美月？　どうした？」

「あ、いや、何でもない」

さくらちゃんと舞衣ちゃんは海斗の背中側にいるため、海斗は何が起きたのかわかっていないようだった。いや、もし二人を見たとしても私の動揺の原因は知るまい。

『私たちとか、女子と話すときの態度と全然違うよねー。イケメンと話せて嬉《うれ》しいって、絶対思ってるでしょ』という言葉を思い出して、胸が詰まるような思いがぶり返す。早くここから去らないと。

二人と目が合ったとき、海斗は無情にもそのタイミングで後ろを向いた。

「あ、あの私、先に行くね」

「どうせ教室一緒なんだから一緒に行けばいいだろ」

怪訝《けげん》そうな表情で私を追いかけようとする海斗を、今だけはやめてほしいと願いながら距離を取る。私と海斗が一緒にいるだけで、あの二人の反感を買ってしまうのだから。

「寄るところあるんだ、じゃあね」

早口で何とか振り切って、私は教室とは反対方向に歩き出した。

「おい……！」

後方から戸惑いの声が聞こえたが、気づかないふりをしてずんずんと進み続けた。行く当てもなくとりあえず逃げたものの、この際だから図書室に行ってみようと思いつく。

今まで放課後にしか行ったことがなかったから、昼休みに手紙が届いているのかどうか知るチャンスだ。図書室は毎朝司書の先生が開けてくれて、基本的に午後六時まで開室している。佐藤くんは必ずその一日のどこかで図書室を訪れて『こころ』に手紙を入れているのだ。

重たい扉を開くと、放課後とはまるで違う様相が見えた。自然光で十分な明るさを保っている空間は放課後よりうんと人が少なくて、初めて足を踏み入れたような感覚を覚える。

大きな窓から臨める校庭では、制服のズボンの裾《すそ》をまくり上げて思い思いにボールを蹴《け》る男子生徒数人がいた。放課後の部活動の賑《にぎ》やかさと違い、爽《さわ》やかな晴天にもかかわらずなんだか寂しく感じた。

『こころ』が並ぶ本棚の前に立って、本に手を伸ばす。

これで手紙が入っているか否かで、佐藤くんが手紙を入れている時間を限定できる。

——トンッ。

「……!?」

手が届きそうになったその瞬間、手と手がぶつかり合った。

突然のことで驚愕《きょうがく》して呼吸が止まる。

ハッとして右を向くと、体格の大きな男子が佇《たたず》んでいる。私は混乱状態のままぶつかった右手を左手で押さえた。

「え……」

取り乱しながらもその人が誰だか認識できて、衝撃のあまり息を呑《の》んだ。

隣にいたのは……不良と呼ばれる杉浦冬馬だった。

どういうことだろう。杉浦くんが図書室にいて、しかも『こころ』を取ろうとした。

身長が一六〇センチはある私でも見下ろされてしまうほど背の高い杉浦くんは、まっすぐな視線をこちらに向けてくる。初めてこんな近くに端整な顔を見て、その澄んだ瞳《ひとみ》に射貫《いぬ》かれたように目が逸《そ》らせなくなった。

色々な人からかっこいいと言われるだけある。杉浦くんと目が合っている間だけは周りの音が消え去った気がした。

しかし、彼がなぜ図書室にいるのだろうか。

「……あっ」

先に無言のまま顔を背けた杉浦くんを見てふと我に返る。

まずい。もしも手紙が入っていたとしたら、杉浦くんに見られることになる。

「あの！」

考えるより先に声が出ていた。杉浦くんはもう一度私と目線を交わす。

この人が不良だと思うと恐怖心で身体が強張《こわば》ったが、今はそんなことを言っていられる余裕はない。手紙の存在を知られてしまうことの方が圧倒的に心配だった。

「私が、先に……」

緊張で声が信じられないくらいに震える。「私が先に取ったと思う」というたったの一言のために、ここまで躊躇《ちゅうちょ》することはそうそうない。

「あ？」

怖い。怖すぎる。聞き返されただけでもサッと血の気が引いていき、なかなか次の言葉が出ない。私をじっと見る視線が鋭くて、蛇に睨《にら》まれた蛙のように身を縮こまらせた。

「あ、えっと……」

喉《のど》がカラカラに乾燥していると、杉浦くんは無表情で『こころ』を本棚から引き抜いた。それを見て、やっとはっきりとした声が出た。

「ちょ、ちょっと！」

「何だよ?」

本を開かないで。そんな私の制止も虚《むな》しく杉浦くんの手に本が渡り、危機的状況は一気に絶望へと変わった。借りるのか今読むのかはわからないが、どちらにせよ杉浦くんが先に本の中身を見てしまう。

「何でもないです……」

いや、まだ諦《あきら》めなくて良いのではないか。ふとある一つの可能性が思い浮かぶ。手紙が届いてなかったら良いのだ。手紙さえなければこの考えは杞憂《きゆう》に終わる。私は心の中で、どうにか佐藤くんがまだ手紙を挟んでいないことを強く祈った。

しかし、ずっとここにいるわけにはいかない。手紙の有無はもちろん気になるが、このまま観察していたら杉浦くんに怪しまれるし、自ら聞くのも本末転倒である。結局私は事の顛末《てんまつ》を知ることができず、もし手紙があってもそれをどうするかは彼に委《ゆだ》ねられたというわけだ。

仕方なく図書室を後にしようと杉浦くんに背を向けた。私に残された選択肢は、ここから去ることだけだった。

もうどうにでもなれ、と投げやりな気持ちを抱きながらとぼとぼと出口に向かうと。

「……藍原って、お前?」

「え?」

低い声が耳にすっと入ってきて、反射的に振り返った。

杉浦くんの手にあるのは、見慣れた小さな便箋《びんせん》。

観念するしかなかった。一瞬で事情を悟った私は、絶望を通り越して静かに目を閉じる。

終わった。やはり佐藤くんは、昼休みより前には手紙を入れていたのか。

「！」

文通を暴露されたのが、よりによって不良と恐れられる杉浦くんというのが不運だと思いながら、ここからどう説明しようか頭をフル回転させた。

「……藍原さんが元気になったみたいで良かった。もう泣い……」

「ストップ、ストップ！」

信じられない。何を言い出したのかと思えば、杉浦くんは便箋に書いてある内容を読み上げ始めたのだ。

咄嗟《とっさ》に勢いで止めたものの、衝撃的な言動に耳を疑ってしまう。さらにパニック状態
に追いやられた私は、宙を彷徨《さまよ》っているような心地を味わった。

これだから、得体の知れない不良とは関わりたくなかったのに。

「何これ、お前宛ての手紙？」

杉浦くんはそう言って、便箋を私の目の前にかざす。

どこか偉そうな口調に大きな恐怖と若干の苛立《いらだ》ちを覚えながら、首を縦に振った。

「そ、そうですけど。私、この本に挟んで文通をしている人がいるんです。相手は自分の素性を明かしたくないらしいので、こういう形でやるしかなくて。まあ、図書室の本

で文通なんてしているこっちが百パーセント悪いです、すみませんでした」

話しているうちに開き直った私は、毅然とした態度できっぱりと告げた。とは言え内心びくびくしていたため、最後は勢い任せで謝ってしまった。

「……」

杉浦くんは何も言わない。

生徒が平等に読む権利のある図書室の本を、個人的な事情で占有しているのは確かに申し訳なかった。杉浦くん以外の手に渡った可能性だって十分にあるわけで、今回それがたまたま杉浦くんだったというだけだ。

どうか怒りませんように。私は怯《おび》えながら目を固く瞑《つぶ》った。

「……誰にも借りられたくねえなら、ちゃんと奥にしまっとけよ」

「え……？」

便箋を挟んだ『こころ』をずいっと押し付けられ、思わずそれを両手で受け取る。

「じゃあな」

私が戸惑っている間に、杉浦くんは横をすり抜けて図書室を出て行った。

……あれ？　静かな図書室に似合わない杉浦くんがいなくなった代わりに、私の手元には慣れ親しんだ『こころ』が残っていた。

何を言われるのかと怖気《おじけ》づいていたが、拍子抜けしてしまった。怖いどころか意外と理解がある人で、イメージしていたよりも不良らしくなく、思いがけない安堵《あんど》が心に広がっていく。

「ふぅ……」

胸に手を当てて大きく息を吐いた。

杉浦くんはなぜ図書室に来て、『こころ』を取ろうとしていたのだろうか。疑問に思いながらページをめくり、杉浦くんが途中まで読みかけた手紙を取り出す。

藍原さんが元気になったみたいで良かった。

もう泣いてないか？

私はこの前の手紙で、アドバイスをくれたことへの感謝を述べた。それに対する返事が届いていたが、たった二行の中でも佐藤くんの思いやりがひしひしと伝わってきて、顔の見えない相手だとわかりながらも鼓動が高鳴るのを感じた。佐藤くんに優しい言葉をかけられる度に、彼の正体がどんどん気になっていってしまう。

そこで私は「もう泣いてないか？」というフレーズにある違和感を抱いた。佐藤くんはなぜ私が泣いていることを知っていたのだろうか。さくらちゃんと舞衣ちゃんに悪口を言われて涙が出ていたのを見ていたということなのだろうか。未《いま》だ謎だらけだが、だからといって佐藤くんに再び聞く勇気もなく、深掘りせずに返事を書くことにした。

泣いてないよ。ありがとう。

文通してること、ある男子にバレてしまったんだけど、佐藤くんはスマホでのメッセージはできない？

＊

杉浦くんに文通が知られてから二日後、放課後に図書室を訪れた私は本棚の前に立っていた。

あのとき私がいなかったら、手紙はどうなっていたのか思いも及ばない。しかし手紙の存在が露見した相手が、ある意味一匹狼の杉浦くんで良かったのかもしれないと考えるようになった。他の人であったなら、きっと友達に話してしまうに違いない。私の知り合いか否かは関係なく、変わったやり方で今どき文通をしているということ自体が話のネタになるのだから。

学校の図書室の本じゃ、他の人も読むことあるよな。

ごめん。俺、スマホ持ってないんだ。
もし誰かに知られるのが嫌だったら、もうやめたほうがいいのかもしれない。

本の中に入っていた手紙の内容を見て、喉《のど》がきゅうっと締め付けられる。佐藤くんはもう文通をやめてもいいと思っているのだ。以前は、「君と話していたいし、君のことをもっと知りたい」と言っていたくせに、今更なぜそんなに弱気になるのか。それほど私への興味が薄れてしまったということなのか。

いつもなら手紙を受け取ったら窓際の席に座って返事を書き始めるが、今日はその場に立ち尽くしてしまった。

私はこれに何と返したら良いのだろう。佐藤くんの方から始めた文通ではあるが、本人は正体を明かさないままでスマホも持っていなくて、私ばかりが譲歩しているのは不平等だ。できることなら佐藤くんが誰だか知って、スマホでやり取りができたら良かった。こちらの要望のほとんどがことごとく拒否されていて落胆する。

それでも私は――。

「……っあ」

思わず短く声が漏れた。

佇《たたず》む私の隣で、本棚を整理する図書委員の男子がいた。

手紙に夢中だった私は真横にいる人影に全く気づいていなくて、失礼ながら勝手に驚いてしまった。この前の海斗は意図的に脅かしてきたが、図書委員はただ当たり前の仕事をしているだけだったので尚更《なおさら》気まずい。

ふと、その図書委員の男子の上履きに書いてある名前が目に入った。

「……！」

その二文字に私の心臓が強く脈打つ。

そこには、「佐藤」と書かれていたのだ。

ドクドクと血流が全身を駆け巡り、一気に熱が沸き上がってくる。

佐藤……くん？　私はやや興奮状態で彼を横目に見た。

本棚を見つめる視線の高さは私とそこまで変わらず、分厚い黒縁の眼鏡越しに窺《うかが》える円《つぶ》らな瞳《ひとみ》は涼しげな色がある。無造作な黒髪や薄い唇が堅物そうなイメージを作り上げていて、どことなく近寄りがたい。

上履きのつま先部分が緑色で、三年生であるということが判明する。

そして見覚えがあると思ったら、どうやらこの間お菓子のレシピ本を借りたときに貸し出しカウンターを担当していた男子らしい。例の不愛想で印象の悪かった人だ。

佐藤くん、いや、佐藤先輩と呼ぶべきなのか。佐藤先輩が手紙の相手なのだろうか。図書委員なら、私が『こころ』を読んでいることを知っていてもおかしくはない。むしろ図書室にいる時間が長いのだから、かなり有力な線だと言える。

すぐ隣に、佐藤くんかもしれない人がいる。そう思うと胸がざわざわと騒ぎ出して、くすぐったいような気持ちになった。

同時に、話しかけてみたい、どんな人なのか知りたいという衝動に駆られる。しかし臆病者《おくびょうもの》の私はあいにくそんな度胸を持ち合わせていなくて、本を整理する佐藤先輩の隣にいるだけで精いっぱいだった。

怪しまれないようにあくまで本を見ているように振る舞い、佐藤先輩の想像を膨らませていると、彼は早々に作業を終えてしまい私の真横を通り過ぎた。名残惜しさを感じながら視線を向けたその瞬間、すれ違いざまに目と目が合って心臓が飛び跳ねる。

行ってしまった。しかし、目が合った。それだけで私の心は十分に満たされ、軽い足取りで特等席に座る。

図書委員である佐藤先輩のことを思い浮かべて、本の話題を出してみようかと思いついた私はさらさらとペンを走らせる。

佐藤くんは自分勝手だ。自分のことを全く話そうとしないし、スマホでのやり取りもできない。一昨日は杉浦くんにも知られてしまって、私にとっての良いことなんて一つもないような気がする。

……それでも私は、佐藤くんと文通していたかった。

今のところ、私はまだ続けていたい。

もしも今後やめたくなったら、そのときはまた言うね。

佐藤くんは、『こころ』好きなの？

好きな人と結婚しても、結局後悔が消えないまま自殺しちゃうって、私はいい気持ちしないな。

＊

教室の窓の外では、白い絵の具をブラシで広げたような雲が浮かび、淡い茜色《あかねいろ》の空をさらに秋めかせている。空気が澄んでいる分気温は下がり、肌に触れる涼風は冷たい。

そんな冷涼な天気そっちのけで、隣にはスマホに夢中な女子が一人いた。

「これ、可愛い！　ねえねえ、どう思う？」

律がこちらに向けたスマホのディスプレイには、最近女子高生の間で話題になっているリップの画像があった。

ティントタイプなのにベタつかない優秀なプチプラコスメとCMで謳《うた》われているもので、私もよく知っていた。しかし律にはマットな発色のリップよりも潤いがあるタイプのリップが似合うのではないかと薄々感じた。

「律には……」

「何見てるのー？」

すると、帰ろうとしていたさくらちゃんと舞衣ちゃんが私たちの席で足を止めた。校則違反である化粧を悟られない程度にしている二人は、おそらく人一倍コスメに関心があるのだろう、興味津々といった様子で近づいてきた。

「これ、キャンディ・ミルキーのリップじゃん！　私持ってるよ」

律のスマホを覗《のぞ》き込んで食い気味に話す二人から顔を背け、私はスクールバッグに教科書を詰める。

「……美月ちゃんにも、おすすめだよ！」

さくらちゃんが言った。

急に名前を出されて目を見張る。どうして突然私に話を振るのかと不審に思ったが、二人の明らかな作り笑いを見て何となく理解する。

女子は人付き合いが非常に上手な生き物だ。苦手な相手がいたとしても直接それを見せることなく、裏側だけで散々に言う。しかも隣には全女子が絶対に勝てないと思うような女の子がいるのだから、好かれるためにその友達にも良い顔をして当然だ。海斗への誕生日プレゼントについて話していたときも、私まで声をかけられた記憶がある。

「……そうかな」

「うん、色もいっぱいあるしー」

「じゃあ、今度見てみるね」

律と一緒にいるというだけで、平気で嘘をつかれてしまうことに悲観する。だがそれは私も同じで、「本当は私のこと嫌いなくせに」なんて言わずに、いつもの愛想笑いを浮かべた。結局私も女子だから、人間関係をこじらせたくなくて本音を飲み込むのだ。

「でも、この前、K2Zのリップ見てたよね～？」

律が明るい声で私に問う。

同じ女子でも、周りの空気を読まない子がここにいた。

本人は何も考えずに発言したのだろうが、その場は明らかにピリッと凍り付いた。

「え、っと、K2Zって、デパコスのブランド……だよね？」

「そうだよ～！　キラキラしてすっごく可愛いよねっ」

「へぇ……。美月ちゃんって、そういうデパコスが好きだったんだ。なんか意外……」

「美月、チェックしてたよね！　あれ～、好きなんだっけ？」

律ってば、余計なことを言わないで……！　頭が警鐘を鳴らし、冷や汗が噴き出た。

「あはは……」

どうにかこの場を切り抜けたくて薄ら笑いをする。

さくらちゃんと舞衣ちゃんの感じていることは、今だけは透視できる自信がある。これは、「りっちゃんじゃなくて、あんたがデパコスなんて好きなんだ？」という表情だ。嫌でも伝わってくる。

私が可愛いものが好きなことは、クラスメイトはおろか、律にさえ言っていなかった。まさかお菓子作りや裁縫といったいかにも女子らしい趣味があって、可愛いコスメを頻繁にチェックしているなどと誰もが思っていないだろう。

「可愛い」は律のものだと思い知ってからは、「美月」と「律」という名前すら逆だったら良かったのにと感じてしまう。というか、私の知らないところで実際にそう言われていそうな気もする。

だから、私がスマホでコスメを見ていたことを知っていたとしても、わざわざ言ってほしくなかった。可愛いものが好きだと周囲に認識されることが何だか恥ずかしかった。

律はこういう私のコンプレックスを理解できるわけがないし、今のように周りにも平気で私のことを話してしまうと思ったから、これまであえて打ち明けずにいたのだ。

「私、帰るね」

席から立ち上がると、ガタンとイスの脚が大きな音を立てた。

「えぇ、帰っちゃうの？」

「うん、ちょっと急いでて。ごめん」

さくらちゃんと舞衣ちゃんの視線に耐え切れず、私は教室を飛び出した。

律は空気を読まずに、人の気にしている部分を悪気なく刺激してくるから恐ろしい。

私の劣等感を、いや、劣等感を抱いていることすら知らずに土足で踏み込んでくる。生まれつき全てが整っている人は、そうでない人の気持ちなんてわかりっこないのだ。

私が律ほど可愛かったらきっと、あれもこれも好きだと胸を張って言うことができたのに。羨望《せんぼう》と嫉妬《しっと》を感じながら、私の足は自然と図書室へ向かっていた。

――――――――――――――――

文通を続けたいって言ってくれて本当にありがとう。

――――――――――――――――

そうか？

――――――――――――――――

「先生」は、ずっと胸にあった苦しみをようやく話すことができたんだから最期は幸せだ。

――――――――――――――――

その手紙を見て、自然と首を傾げてしまった。窓際の席につこうとしたが、内容に納得できずに本棚の前で立ち止まったままで。
誰かが死んでしまう結末はバッドエンドに決まっている、それも自殺なのだから余計に。私には佐藤くんの考えはあまりよく理解できなかった。遺《のこ》された奥さんがとても可哀そうだし、Kへの罪悪感に苛《さいな》まれるくらいなら初めから人を出し抜かなければ良かったのだ。

そこで、ハッとした。本好き以外で、特異な角度から本を読む人がいるだろうか。本に興味がなければ、独自に物語を噛《か》み砕いたりしない。つまり——佐藤くんイコール図書委員の佐藤先輩、である線はかなり有力だと言えるのではないだろうか。

思考回路が一本に繋《つな》がった瞬間だった。

手紙の相手は、佐藤先輩なのか？　握っていた手紙から勢いよく顔を上げて、貸し出しカウンターを覗いた。しかしそこに佐藤先輩はおらず、何度か見たことのある女子生徒が本を読んでいるだけだった。

それもそのはず、図書室の貸し出しカウンターを担当するのは図書委員での当番制のため、毎日同じ人がやることはない。加えて当番は週交替ではないので、佐藤先輩が次いつ担当になっているのか図書委員でも何でもない私が知る術《すべ》もなかった。

また次回、その次回がいつ訪れるのかわからないのだが、佐藤先輩が図書室にいるときに探ってみるしかない。さて、その探り方が問題である。

ただ観察しているだけでは何の発見もない。佐藤先輩が『こころ』に手紙を挟む決定的な瞬間がこの目で見られたなら確実だが、これまで何度も文通をしてきて鉢合わせしなかったことを考慮すると確率としては非常に低いだろう。

そうなってくると、やはり直接話しかけてみるしかなさそうだ。しかし、どうやってあんな堅物そうな人に会話を仕掛ければ良いのか。

私が律のように可愛ければ、何を話しかけても好印象に違いない。容姿に優れているというのは、本当に至るところで有利だとつくづく実感する。とりあえず第一印象で怪しまれたらお終《しま》いなので、話しかけるのは慎重にならなければならないと思った。

「そこ、どいてもらっていいですか」

脳を稼働させていると、いきなり不愛想な低音ボイスが耳に入る。

「す、すみません」

咄嗟《とっさ》に謝って退いたとき、ふと目に入ったのは——佐藤先輩だった。

彼は『こころ』が並んでいる列にあった別の本を抜き取った。

今まさに考えている人が隣にいることに、驚愕《きょうがく》して声が出ない。

嘘でしょう？　佐藤先輩、だ。

手に取った本をパラパラとめくって中を見る横顔を見ながら、血液が沸騰するように顔が熱を帯びる。

貸し出しカウンターの当番ではない日に図書室に来るのはなぜだろう。本が好きだからなのか、もしくは手紙が気になっているのか——。まさか今日、会えるなんて。

「あ、あの！」

自分でも意図せずに声が漏れた。

今このときを逃したら、次に佐藤先輩と会えるのはいつになるかわからない。ただでさえ受験生だから、そこまで多く委員会の仕事はしていないはず。そう思ったら、今がとても貴重なチャンスに思えて、このまま何もしないのはものすごくもったいないことのように感じた。

「図書委員の方、ですよね？」

佐藤先輩を直視できない。

怖くて俯《うつむ》きながら、小さな声で訊《き》いた。

「……はい。そうですけど」

ああ、当然だけど不審がられている。前から届くあからさまに怪訝《けげん》そうな声色で悟る。

しかし、後戻りはできなかった。

心臓がありえないくらいのスピードで拍動していて、さらに緊迫した雰囲気を醸成する。

「おすすめの本、とかって……ありますか？」

自分でも、かなり無理のある質問だと思った。

苦しい。苦しすぎる。

押し潰《つぶ》されそうな気持ちで何とか顔を上げると、眉《まゆ》を顰《ひそ》める佐藤先輩がいた。

当たり前だ、初対面の人に声をかけられるだけで怪しげで怖いのに、おすすめの本なんて聞かれたら言葉を失うに決まっている。

それでも胸の内で願わずにはいられなかった。——『こころ』と答えてほしい、と。

「知りません。どうして俺に聞くんですか」

世の中はそんなにうまくできていないようだ。

佐藤先輩は、嫌悪オーラをたっぷりと出しながら眼鏡をくいっと上げた。

「図書委員だから、色々と知っているのかなって、思って……」

「他にも図書委員はいますけど。わざわざ俺に話しかける意味がわかりません」

「っあ、誰でも良いわけじゃなくて、先輩のおすすめを、ぜひ聞きたいんです」

緊張と不安で圧迫される。頭で考えるよりも先に言葉がつらつらと出た。

「……」

先輩は終始眉間《みけん》に皺《しわ》を寄せて、ついには私の言葉を無視して去ってしまった。

わかっていた。しかし心臓を摑《つか》まれたような痛みが広がっていって、だんだんと息が辛《つら》くなる。

仕方ないことだが、突っぱねられてしまったのはショックだ。人見知りの私が珍しく勇気を出したことだったから、それを否定されてしまったように感じて悲しかった。もちろん、私が佐藤先輩の立場でも同じように不可解に思っただろうから、佐藤先輩を責めるつもりはさらさらないが。

「やっぱり、違うのか……」

ポツリと呟《つぶや》いたひとり言は、並んだ本たちの隙間に溶け込んでいった。

＊

佐藤くんって、変な見方するね。

普通、そんな解釈しないよ。

✉

「先生」は後悔なく死ぬことができて良かったって、俺は思うな。

そっか。でも、現代文のテストに書いたらバツにされるよ（笑）

そういえば、もうすぐテスト期間に入るね。

佐藤くんは勉強得意？

そうか、もうそんな時期だったか。

テスト、頑張って。

俺は内緒。藍原さんは得意？

✉

私はそこそこだけど……。

頑張って、って他人事みたいだね（笑）

そんなに余裕あるってことは勉強できるんだ。

佐藤くんとの文通はほぼ毎日続いた。

ほぼ、というのは、当然ながら学校に登校すらしない土日を含め、私が毎日図書室に寄るわけではないから、そして本を見たが彼からの手紙が入っていなかった日も一日あったからだ。

　本当に佐藤くんが誰だかわからないまま、かれこれ一ヶ月が経ってしまった。

「化学、またビデオ見るのかぁ〜」

　教科書を抱えた律が盛大なため息を零《こぼ》す。それについては私も同感で、テストが近いのだからちゃんと授業をするか、もしくは自習にしてほしかった。とりわけ今日の化学基礎は一日の最後の授業で、私でも疲労が溜《た》まっているのだから、律は十中八九うたた寝してしまうだろう。

「あれ？　まだ前の授業の人たちがいるね？」

「あ、ほんとだ。授業長引いてる」

　視聴覚室の後ろの扉に設置されている小窓からは、音は聞こえてこないものの、教壇に立って話し続ける先生の姿が見えた。ビデオを見てから解説を始めるせいで、授業が長引きやすいのも欠点だ。

「私たち来るの早かったけど、後からどんどん来るね」

　次々と私たちのクラスの生徒が集まってきて、視聴覚室に入室できず廊下で立ち往生している。移動教室の入れ替えがスムーズにいかないと、廊下の通行人にも迷惑がかかってしまう。

「ていうか、今度の化学のテストやばいよ〜。文系なのに美月は理系科目もできるもん、いいなあ」

「海斗も得意だから教えてもらえば？」

何も考えずに発言して、数秒後にハッと気づく。

これでは、二人を後押ししているみたいだ。いや、もちろん仲を引き裂こうとは一切考えていないが、だからといって二人を心から応援しているとは言えないし、私だって海斗と勉強したいと思っている。それなのに、自ら良い案を出そうとするとは迂闊《うかつ》だった。

「海斗と勉強するのは良いんだけどね……、なんかドキドキしちゃって、あんまり集中できないんだよね～」

少し頬を赤らめた律は困り顔でそう言った。

ほら、結局海斗の話を出したら、自分が嫌な気分になるだけだ。

「へぇ。付き合ってもうすぐ半年なのに、まだドキドキするんだ？」

妬心《としん》からつい棘《とげ》のある言い方をしてしまったことを、声に出した後に些《いささ》か気にかけた。

しかし、常にへらへらと笑っているポジティブシンキングの律は応《こた》えていないらしく、むしろ数百倍の反撃を食らった。

「美月は、恋愛に全然興味ないからわかんないんだよ～。時間の問題じゃなくて、好きな人と一緒にいたらずっとドキドキしっぱなしだよ！」

恋愛に興味ない、か。

能天気な律の言葉は、私の心を素知らぬ顔で抉《えぐ》ってくる。表情が崩れてしまわないように何とか精神を落ち着かせたが、律は華やかな笑顔のまま続けた。

「美月って大人っぽくて何でもできるし、その気になれば彼氏なんてすぐにできちゃうのに、ほんともったいなーい。恋がすごく素敵なものだってこと、早く知ってもらいたいよ〜」

余計なお世話とは、こういうことを言うのだろう。

小さい頃からの私の気持ちなんて知らないくせに、よくそんなことが言えるなと思った。

恋愛に興味ないふりをしているのは、律のためなのに。恋愛が素敵なものだと思えなくなったのは、律のせいなのに。

「……知ってるよ」

自分でも信じられないほど低くて重たい声が出た。

「え？　何て？」

律に対して沸き上がってくる苛立《いらだ》ちや嫉妬《しっと》を、どこにも吐き出せないことが辛《つら》くて仕方がない。

律は何も悪くないのだ。普通に過ごして好きな人ができて両想いになっただけのことで、私がどう思っているか知らないのだから。……だからこそ、私は余計に苦しい。

「ううん、何でもない」

込み上がる感情の塊を抑圧して、その上に作り物の笑顔を貼り付ける。最近はクラスメイトだけではなく律の前でも作り笑いが上手になってきたから、私の一番の得意技と呼べるかもしれない。

「うーん、気になる。本当に何でもないの？」

「うん、何でもないよ」

——ガラガラ。

ちょうど良いタイミングで延長されていた授業が終わり、視聴覚室の扉が開いて生徒が出てくる。その先頭に現れたのは——。

「あ」

私は思わず短く声を上げてしまった。

佐藤先輩だ。

不意に目が合う。そのとき開かれた先輩の切れ長な目が、私を記憶していることを示していた。佐藤先輩は声には出さなかったものの、「あ」という口の形をして私を見つめた。

気まずい。私が話しかけたことを覚えているのだ。

シンプルに挨拶《あいさつ》をするか、この前急に話しかけてしまったことを謝ろうか考えているうちに。

「……っ」

先輩は唇をグッと強く噛《か》んで目を逸《そ》らし、眼鏡の縁を無理やり指で押し上げて私たちの横を通り過ぎた。

あれ……？　どことなく違和感が拭《ぬぐ》えない。

佐藤先輩の第一印象は言ってしまえば悪い方で、今もそれと変わらない不愛想な態度であったはずなのに、今は何かを我慢しているような顔に見えてしまった。例えば、辛さや苦しみに耐えているような、そんな表情に感じ取れた。

「やっと入れるね～」

「……だね」

違和感の正体を突き止めようとして空返事をした私を置いて、律は先に視聴覚室に入っていく。しかしその「何か」がわかるのは意外にもすぐだった。

先輩のクラスのほとんどの生徒が視聴覚室から退室し、男子生徒四名がおそらく最後だというとき。

「あーマジで今の授業面白かったわー」

「お前、ヤバいだろ！　ガリ勉図書委員困ってたぞ～」

ガリ勉図書委員。男子生徒の一人が放ったフレーズに引っかかりを覚える。

「とか言ってお前もノリノリでやってただろ？　教科書なくて先生に怒られるの見て笑ってたくせに」

「おいおい、何やったんだよー？」

「佐藤の鞄《かばん》に教科書とか全部詰め込んで、さっきの掃除の時間に捨てたんだよ。そしたら速攻でゴミ捨し場に持ってかれちまってさ」

身体に激震が走る。

今、何て言った？　頭の中で男子生徒の言葉を反芻《はんすう》する。

佐藤先輩の鞄を捨てた、と聞こえた。

ガツンとハンマーで強く殴られたような痛みが胸に襲いかかり、私はその場に呆然《ぼうぜん》と立ち尽くした。

佐藤先輩が辛そうだったのは、間違いなくこれが原因だ――。

「あいつコミュ障じゃん？　だから、教科書なくてもクラスに頼れる奴いねえの。可哀そうだったー」

「内心怒ってただろうなぁ。でも涼しい顔で、俺何も傷ついてませんって顔してんのがまたおかしくて！」

男子生徒四人の間で、佐藤先輩の様子を思い出したのかドッと笑いの波が起こる。未《いま》だ信じられない思いが渦巻いて、醜い笑顔を浮かべた彼らのけたたましい声が遠のいていき、はらわたが煮えくり返る気持ちだった。

こんなのは立派ないじめだ。佐藤先輩は絶対に傷ついていた。

ひどい、許せない。そう思っているのに、何も行動できない自分が何よりもやるせなかった。

「……っ」

どうしたらいいのだろう。話したこともない三年の先輩たちに今すぐ突っかかれるほどの度胸もないし、部外者の私が先生に相談するのも違うような気がする。それではもう、いじめの存在を知りながら見て見ぬふりをするしか――。

こんなとき、佐藤くんなら何て言うだろうか。

衝撃で暴れる心臓を必死に鎮め、深く息を吸って速まった呼吸を整える。ゆっくりと目を閉じると、真っ暗な世界に温かい茶色の罫線《けいせん》が引かれた便箋《びんせん》が浮かび上がってきて、綺麗《きれい》なボールペンの字が一文字ずつ紡がれていく。

そこには、「どうにかしてあげたい、その姿勢が大切だ」と書かれているように見えた。どうにかしてあげたいという姿勢か……。私は心の中でその言葉をリフレインさせる。

たとえ手紙を受け取っていなくても、佐藤くんとの文通を続けていたことによってアドバイスを求めたらどのような返事が来るのか自然と思い描くことができていた。私が作り上げた幻覚の中でも同じように、佐藤くんの言葉ひとつひとつが痛んだ胸にまっすぐ届く。

「おーい、美月〜。どうしたの、入らないの？」

私がいないことに気づいた律がきょとんとした顔で戻ってきたが、私の身体は相変わらず微動だにしない。

このまま授業に参加して、何もなかったことにしてしまうのは……。

「美月？」

「律……ごめん。私、行かなきゃ」

何かに掻《か》き立てられるように私は顔を上げ、持っていた教科書を律に押し付ける。

「えっ？　ちょ、ちょっと」

「ごめん。先生には、保健室に行ってるって伝えといて！」

当惑している律に急いで謝り、来た道を引き返して走り出すと、気持ちがフッと軽くなった気がした。

この選択が正しいのかはわからない。しかし授業開始のチャイムを聴いて、もう後戻りはできないと確信し、とにかく走り続ける。

佐藤先輩に嫌悪された私が、なぜ授業を放り出してまで行動しようと思ったのか我ながら疑問だ。無視しても良かったのに、私が首を突っ込む必要はなかったのに。無関係だと重々理解していながら、迫りくる力に突き動かされてしまった。

「はぁ、はぁ……」

私の足は佐藤先輩のところでもなく、四人の先輩たちのところでもなく、ゴミ捨て場に向かっていた。上履きからローファーに履き替えて校舎裏にあるゴミ捨て場をめがけて一目散に走る。

私の高校では六時間目の授業が終わった後に清掃の時間が設けられていて、今日は清掃後に七時間目の授業があった。せめて六時間授業の日であれば私が授業をサボるという不良のようなことをしなくて済んだのだが、佐藤先輩が傷つくのは今日でも明日でも同じことだ。

ゴミ捨て場には、各教室から運ばれた大きく膨れたポリ袋がぞんざいに散らばっていて、途端にプーンと悪臭が鼻腔《びこう》を刺激する。鼻をつまみたくなってしまう衝動に駆られながらも、一番高く積み上げられた半透明のポリ袋の縛り口を解《ほど》いた。

「う、……っ」

強い異臭が漂い、思わず顔を歪《ゆが》めた。せめてクリアなゴミ袋だったら良かったのに、と不満を覚えつつ、どの袋に佐藤先輩の鞄が入っているかわからないため手当たり次第に開けていくしかなかった。

「痛っ」

程なくして、ポリ袋から破けて突出していた割り箸《わばし》が左手の甲に擦《こす》れる。たちまち細い切り傷ができて、鮮血がつうっと筋を作って地面に垂れた。その傷を見て項垂《うなだ》れながら、鞄を捜す手を休める。

正直汚くて臭いし、ゴミの量は多いし、ケガはしてしまうし、私が授業をすっぽかしてまでやる必要のあったことなのかと今更思ってしまう。

そのときだった。

「あ、あった……！」

縛りが緩んだ口から、ひと際大きな物体が覗《のぞ》いていた。慌てて取り出すと、埃《ほこり》にまみれながらも漆黒の鞄が出てきた。

良かった、ちゃんと見つけられた……。私はそう安堵《あんど》して鞄の埃を軽く叩《たた》き、ファスナーを開けて中にある教科書やノートを確認する。うん、中身も大丈夫そうだ。

そして不意に、何冊か取り出した教科書やノートを鞄の中に戻しながら、裏表紙の下端にある名前を見てしまった。

「佐藤涼介《りょうすけ》」——それが彼の、佐藤先輩の、下の名前だった。

……さて、これをどうしようか。佐藤先輩に直接届けに行くか、落とし物ボックスに入れるか（サイズ的に確実に入らない）、はたまた別の方法か——。

悩みに悩んだ私が選んだのは、もっとも不確実で特異な方法だった。

＊

「……っ」

音を立てないように扉を開いた先には、背の高い重厚な本棚がずらりと並んでいる。中央には誰一人として腰掛けていないイスとテーブルがあって、置時計の時を刻む秒針の音だけが響き渡っている。

そう、佐藤先輩が今日の放課後図書室に来るのを待つことにしたのだ。もちろん今日来ない場合もある、というか来ない可能性の方が高いが、それでも来る方に賭《か》けることを選択した。そして今から授業に途中参加できない私は、七時間目が終わるのを待つ場所も必要だった。司書の先生は高齢だからあまり周りの音が聞こえないだろうと踏んで、先生がいたとしても図書室ならバレずに入れるのではないかと見当をつけた。

その予想は見事的中し、私は授業中ながら図書室に潜入することに成功した。後は念には念を入れて図書室の一番奥で身を隠せば、授業終了までの残り三十分は持ち堪《こた》えられるだろう。

本棚の角を曲がろうとした、その瞬間。

「藍原？」

不意に、囁《ささや》きが耳に入る。

「〜〜！」

ありえないほどの驚きで、声にならない声を出した。心臓が止まるかと思った。幸いだったのは、吃驚《きっきょう》の度合いが超越していたせいで声を上げなかったことだ。

床に座り込んでいたのは——杉浦くんだった。

「す、杉浦くん……！」

バクバクと速まる鼓動が収まらないまま、小声で名前を呼んで近づくと、杉浦くんは私を見上げた。

「俺の名前、知ってんのか」

「あ、当たり前でしょ」

「そうだよな。俺、不良で有名だしな」

フッと鼻で嘲《あざけ》るように笑う杉浦くんに、私は屈《かが》んで同じ目線になって尋ねた。

「そんなことより、授業中なのにどうしてここに……」

「それ、お前が言うか？」

正論過ぎて返す言葉が見つからず、険しい表情で頭を抱えることしかできない。

「俺はよくサボりに来んだよ。ここのばーちゃん耳遠いから全然バレねえし、基本司書室でずっと本読んでるしな」

さすが不良、サボり常習犯なのか。

杉浦くんは口の端に不敵な笑みを浮かべながら、さらに言葉を続けた。

「優等生っぽいお前が授業サボるなんて、珍しいな。……つっても、なんか訳ありみてーだけど」

私の隣に置いてある佐藤先輩の鞄《かばん》に目を向けた杉浦くんに、「まあね……」と濁しながら答えた。

杉浦くんに最初に抱いていた怖いイメージはかなり払拭《ふっしょく》されていたが、横に不良が座っていると思うと少し不安になった。

私は恐る恐る口を開く。

「……あの、杉浦くん」

「あ？」

「どうしてこの前、『こころ』を読もうとしてたの……？」

ずっと聞きたかったことだ。私が文通をしていたことは知らなかったようだが、理由もなく『こころ』を手に取るなんて考えられないし、佐藤くんとどこかで繋《つな》がりがあるのではないかと勘繰ってしまう。

「前回のテストの補習。現代文の教科書どっかいっちまって、図書室にあるって言われて借りようとした」

「な、なんだ……」

しかし杉浦くんからの返答は、全く佐藤くんに関係ない事情で、がっくりと肩を落とす。杉浦くんが関わっているわけないか。期待したのが悪かった。

「……で、手紙の相手はわかったんかよ」

「いや、全然です。私は知りたいけど、正直どうやって探っていけばいいのかすら……」

「知らなくていいこともあるんじゃねえの」

「え？」

前を見据えたまま言った杉浦くんを見ると、太陽の光で金色に縁どられた髪をくしゃりと触っていた。

「それ、どういう……」

「俺、眠いから寝る」

私が聞くより早く、杉浦くんは目を閉ざして本棚に寄り掛かった。

知らなくていいこともある、か。

それも一理ありそうだ。佐藤くんが誰だかわかってしまったら、必ず関係性に変化が生まれる。良い変化かもしれないし、悪い変化かもしれない。今まで通り相談できなかったり、遠慮することが増えたり、正体を知るからこその弊害も確かにある。

「でも、知りたいんだよ……」

眠ってしまった杉浦くんの隣で、私は一人ポツリと呟《つぶや》いた。

*

キーンコーンカーンコーン。

やっとチャイムが鳴った。この数十分、私は居眠りをする杉浦くんの隣で、ぼーっと考え事をしてみたり何も考えなかったりと変な時間を過ごした。できることなら『こころ』の中に佐藤くんからの返事が挟まっているかどうか確認したかったが、あいにく入り口付近の本棚にあるため、司書の先生に見つかってしまうことを恐れて断念した。

授業を放り出したのは悪いことだが、こうして余計な物事が何もない世界にいるのは楽で、意外と不真面目も悪くないいな、なんて思えてきてしまった。いけない。

「……そろそろ、行くわ」

「わ、起きてたんだ」

七時間目の授業が終わったら図書室に生徒がやってくる。杉浦くんは身体を重たそうに動かし、ゆっくりと立ち上がる。

「まー頑張れよ、探偵さん」

「えっ」

ポン、と杉浦くんは私の頭に手を軽く載せて背を向けた。

「あ……」

去っていくその背中を目で追うと、視界に薄い紙のようなものが落下してきた。

何だろう。制服のスカートにひらひらと舞い降りたそれを拾い上げてみると、小さい絆創膏《ばんそうこう》だった。

杉浦くん……。本当は……見た目や噂とは違って、そこまで悪い人じゃないのかな。

私の手の甲のケガに気づいていて、頭に絆創膏を載せたのだ。胸に温かい熱が広がったような気がして、目を柔らかく細めながら絆創膏のテープを剝《は》がして丁寧に貼り付けた。

綺麗《きれい》に貼れた、と満足していたそのとき、「あ」という低い声が上から降ってくる。

何気なく顔を上げると、そこにはなんと、佐藤先輩がいた。

「佐藤……佐藤涼介先輩！」

咄嗟《とっさ》に名前を呼んでしまった私の声を無視し、先輩は勢い良く顔を背けてしまう。本棚の合間を戻ろうとする先輩を引き留めたくて、気づいたらズボンの裾《すそ》を強く摑《つか》んでいた。

「な、何ですか」

ギョッとしたように振り向く佐藤先輩は私を見下ろして、そしてどうやら私の隣にある鞄の存在に気づいたらしい。複雑そうに表情を崩したのを私は見逃さなかった。

「これ、先輩の鞄……」

「余計なことをするな！」

冷静沈着な先輩が珍しく声を荒らげた、しかも図書室で。まだそこまで生徒は図書室にいなかったから幸い注目を浴びずに済んだが、怒鳴られたことに私は肩をびくつかせた。

佐藤先輩はくいっと眼鏡を上げた後、数回咳払《せきばら》いをして鋭い目つきをこちらに向けた。

「どうせ君も面白がって俺に話しかけたんでしょう？　わざわざ鞄を取りに行ったり、馬鹿にしてるとしか思えない」

「違います！　先輩の様子が変だったから……何かしたくて……」

佐藤先輩の眼鏡越しに見える瞳《ひとみ》が冷ややかで、途中で弱々しい口調になってしまう。

先輩はいじめが原因で人を受け入れられず、自分に関わる人を拒絶することによって、またいじめの標的にされるという悪循環が生まれているのだ。その悪循環をどうにか断ち切りたかったが、先輩の友達でもない、むしろ警戒されている私では到底無理なことのようだ。

「……でも、嫌な気持ちにさせてしまったなら、ごめんなさい。鞄だけ、受け取ってください」

私は格段に小さな声で言った。立ち上がって鞄を佐藤先輩の前に差し出す。

私のしたことは、逆効果だった。見返りを求めていたわけではないから、これも仕方がないことだと割り切るしかなかった。

先輩はグッと鞄の持ち手を引き、私の手から鞄が離れていく。それと同時に私は先輩の前から去ろうと、俯《うつむ》きながら一歩踏み出したときだった。

「……それは、俺のせいでケガしたんですか」

「え……」

佐藤先輩がぶっきらぼうに言った。私と目を合わせないようにわざとらしく前を向いて、遠い目で窓の外を見ている。ついケガした左手を右手で隠して苦笑した。

「あ、これは……。まあ、捜しているときに私の不注意で」

「全く……。どうでもいい他人のために無茶するなんて信じられない」

呆《あき》れたように言う佐藤先輩の声は、なぜだか少し優しくなったように感じた。

おそらく佐藤先輩は誰かから親切にされることに慣れていなくて、今だけでなくこれまでにも、優しくされたときに素直になれなかったのではないかと思う。鞄をギュッと握り締めながら、「あり……ありが……」と葛藤《かっとう》しているのが見て取れた。結局、最後までお礼を言われることはなかったが、感謝されるための行動ではないので別に良い。無条件に交流を遮断していた先輩が少しでも変われたきっかけになったとしたら、それで十分だった。

「佐藤先輩」

私は目を細めて名前を呼ぶ。

「夏目漱石の『こころ』ってどう思いますか？」

今聞かなくてはならないことのように思えて、意図せずに尋ねていた。突然の質問に対して、佐藤先輩は数秒置いてから口を開く。

「……あれは、バッドエンドの胸糞《むなくそ》悪い話だと思いますね。どんなに辛《つら》くても、先生は必ず生き抜かなくてはいけなかった」

「……どうしてですか？」

「先生が死んだら、奥さんが必ず悲しむからですよ。同じようにKの死は先生を苦しめることになった。つまり『こころ』の登場人物は、自分のことしか考えずに死を選んでいるんです」

わかるようでわからない。自殺に追い込まれるほど苦しくて悲しいのなら、自分自身のことで頭がいっぱいになってしまうのは当然なのではないか。

「俺だったら、本当に辛いときこそ周りに目を向けるでしょうね。自分が死を選んではいけない理由が周りにきっとあるはずですから。それは人かもしれないし、物かもしれない。大切な存在に気づいたら、そのために生き続けたいときっと思います」

ああ、この人は佐藤くんではないと確信した。佐藤くんではない、しかしとても素敵な人だと思った。羽が生えて今にも飛び立っていく鳥のように見えた。

佐藤先輩は、あんなくだらないいじめに負けることはないのだ。自分の中に信念をきちんと持って、周りのために生きようとしている。日々自分のことしか考えていない私なんかよりもずっと大人だ。

「それから、『ツァラトゥストラはかく語りき』です」

「はい？」

突如として謎の呪文《じゅもん》を唱えられる。佐藤先輩の言葉を噛みしめていた私は、口をぽかんと開けた。

「だから、おすすめの本ですよ。『ツァラトゥストラはかく語りき』です」

そうだ。そういえば、佐藤先輩に最初に話しかけたとき、私はおすすめの本を尋ねたのだった。

「チャラトストリャ……？」

「ふっ」

佐藤先輩は手を口に当てて、おかしそうに目尻《めじり》を下げる。

あ、笑った。……この人、ずっと笑っていたら良いのに。その笑顔を見て、そう思った。

しかしそのレアな表情を見られたのはほんの一瞬で、すぐにコホンと咳《せき》をして元の真顔に戻ってしまった。

「……では」

「あ、はい」

一礼をして歩き出した先輩に、私も軽く会釈をして反対側に向かう。

佐藤涼介先輩は、佐藤くんではなかった。それでも、知り合えて良かったと感じた。私と佐藤先輩の出会いは決して無意味なものではない、胸を張ってそう言える。

入り口の側にある本棚の前に立ち、『こころ』を取り出した。

佐藤先輩のこの本の解釈は、強くてまっすぐで立派だった。それに比べて私はありきたりで暗い解釈で、佐藤くんはあまり納得できない異質な解釈をしていた。

誰なのだろう、この本を変わった読み方をするのは——。

ページをめくると、予想通り手紙が入っていた。その手紙を見て、私の胸は今まで以上に大きく波打って、途端に切なさに包まれたのだった。

藍原さんに、会いたい。

第三章　後悔のメモリー

窓の外に見える空は淡い紫と藍色《あいいろ》のグラデーションを描いていて、そこに昇る黄金色の月は小さく小さく光を放っている。きっとこれから、同じ時間帯でも藍色が占める割合が徐々に増えていくだろうと予想される神無月《かんなづき》の下旬頃、私はブレザーの袖《そで》を指先まで伸ばした。

校庭では、海斗が仲間たちと笑い合いながら、スクイズボトルの飲料を片手に休憩をしているところだった。最近の私の脳内は正体のわからない佐藤くんで支配されていたが、海斗の姿を捉《とら》えてしまうと一瞬で恋心が引き戻されていく。私はこの人が好きなのだという気持ちが無意識のうちに芽生える。おそらく、佐藤くんの正体があやふやだからこそ、私はそれに気を取られて海斗への苦しい想いを忘れられていたのだ。もし佐藤くんが誰だかわかってしまえば、その後は海斗への叶《かな》わぬ片想いに悩む以前の日々に立ち返るのだろう。海斗以外の男子のことを考えている今が特殊なだけである。

そう、この手紙が届くまでは——。

「どうしよ……」

海斗を見ているようで見ていない私は小さく呟《つぶや》いた。

昨日届いたこの手紙には、たった一行、「藍原さんに、会いたい」とある。ボールペンで書かれた文字であるものの、今までよりも筆圧が強くはっきりしているように感じる。

いきなりどうしたのだろうか。私の悩みを聞いてくれたり、優しく意見してくれたりした佐藤くんが、自分の願望をまっすぐに伝えてくるなんて。珍しいというか、少し様子が変だというか……。そう、内容が意外だっただけで別に嬉《うれ》しかったわけではない、と思う。

ついに昨日は返事に悩んで書けないまま帰宅したのだった。そして今日、睡眠を挟んで思考をリセットした私は、あくまで通常通りに返事を書こうとペンを握った。


誰だかわからないのに、会えるわけないでしょ

(笑)

あと、いつもこの手紙っていつ入れているの？
実は何度かすれ違ったりしてるんじゃない？

生まれてこの方、男子にはおろか女友達にすら「会いたい」と言われた記憶がない私は、こういうときの返し方を知り得ていない。私のレパートリーの中では、「(笑)」をつけて冗談めかすことくらいしか思いつかなかった。加えて、話題を逸《そ》らすために質問を入れた。正直なところ、いつ手紙を入れているのかずっと気になっていたという部分も否めない。

どんな返事が来るかドキドキしながら手紙をページに挟み、席を立って本棚へと向かう。普段なら満足するまで海斗のサッカーを見て帰るのだが、今日は早く帰る予定だった。

明日でちょうど中間テストまで残り一週間を切るので、本格的に勉強を開始しなくてはならないからだ。実は昨日返事が書けなかったのは、自習禁止の図書室にずっと居座っていては勉強時間が確保できないと思ったのもある。努力次第でどうにかなる勉強だけはせめて頑張ろうと、私は定期テストはしっかりと準備している方だった。それでもトップ10に常にランクインすることはできず、二十位以内、運と調子さえ良ければ十位に食い込めるくらいだ。勉強の世界でも上には上がいる。

ということは、海斗も明日から部活動休止期間になるのか。今日でしばらく練習は見られないのか、と名残惜しい気持ちを覚えつつ、本を仕舞った。肩からずり落ちていたスクールバッグの持ち手をもう一度掛けたとき、テーブルの上にある小さな長方形のカードが目に入る。

「！」

そこには、明朝体で『佐藤航平《こうへい》』の文字が印刷されていた。

佐藤……佐藤⁉　思わず二度見してしまう。

カードの置かれたテーブルの前に座っていたのは……黒いブレザーの後ろ姿ではなかった。学校指定ではないグレーのカーディガンを着ている。

「……こうちゃん？」

考えるよりも先にうっかり言葉にしていた。名前を呼んでから、しまったと後悔する。

カードの持ち主は、国語教師のこうちゃんこと佐藤航平先生だった。身近な先生の名字が「佐藤」だったことに驚き、つい生徒間で密《ひそ》かに呼ばれているあだ名を言ってしまった。

静かに振り返ったこうちゃんを見て、私は息を呑《の》む。嬉しさと悲しさがごちゃ混ぜになったような、そんな複雑な表情をしていたのだ。

「絵梨《えり》……？」

そして、こうちゃんの口から零《こぼ》れた二音が耳に届く。

今、「えり」って聞こえたような……と私がフリーズしていると、こうちゃんは我に返ったようにハッとして、教師らしい大人の笑みを浮かべた。

「ごめんごめん。びっくりしちゃって。……藍原さん、どうしたの？」

「あ、いや、先生も図書室に来るんだなって……」

咄嗟《とっさ》に言って気がついたが、そういえばこの前も声をかけられた。それにしても、私が「こうちゃん」と呼んだときの表情と、「えり」という女性の名前らしき言葉が気になる。

「今日は和歌集を探しに来たんだよ。授業がないときにも、図書室にはよく来るかな」

「和歌集？　先生、現代文じゃなかったんですか？」

「僕、一年生の授業は古典に出ているんだよ。高校教師は大抵、どっちも教えられる」

「そうなんですね」

頷《うなず》いたこうちゃんの目元は垂れ下がっていて、口の端のえくぼと相まって温かな印象がある。実際の物腰も穏やかで優しく、さらに清潔感のある髪型や身なりにも好感が持てて、生徒からの支持は厚い。年齢は確か二十代半ばといったところだろうか、間違っていたら失礼にあたるのであえて細かく指定はしないでおく。

「藍原さんは、最近どう？」

唐突に質問を投げかけられる。

「え、っと……。まあ、それなりにやってます」

曖昧《あいまい》で適当な答えになってしまったが、そもそも質問が漠然としていたから仕方がない。こういうとき、「元気ありません」「嫌なことばかりです」などと答える人はいないだろう。社交辞令のようなものには、嘘でも無難に答えるのが大事だ。

「そう、良かった。ここのところ、元気がないように見えたからね」

こうちゃんが言った。

その言葉に心が揺れ、スカートのプリーツをきゅっと摑《つか》んだ。こうちゃんの言う通り、最近は人間関係で行き詰まりを覚えることが多く、気持ちの晴れない時期が度々あった。

私って、元気ないように見えてたんだ……。それも、現代文の授業でしか私を見ていない先生に見抜かれているなんて。そう思って少し動揺した。

あまり感情は表に出ないタイプだと自覚していたが、割とそうではないのかもしれない。もしくは、こうちゃんが目敏《めざと》いのか——。

「私、元気なさそうに見えてたんですか？」

得意の愛想笑いをしてみる。

「うん。いつも無理してるような感じがあるなぁって。君にしかない良さがあるのに」

「あ、ありがとうございます……」

何となくお礼を言って、不思議な感覚に陥る。

こうちゃんの言った、「君にしかない良さがあるのに」という言葉が頭から離れない。

なぜだろう……。数秒考え込んで、ようやく気づく。

これは、佐藤くんがくれた言葉だ。律と比べて自分を否定して、苦しさをどこにもぶつけられなかったとき、半ば自暴自棄になって私は佐藤くんに頼った。その返事として届いたのが、「君にしかない良さがある」だった。

私はその一言に救われて何とか前を向くことができたのだが、あのとき確かこうちゃんに声をかけられたような気がする。届いた手紙に記されていたことと、同日に話した人が今、全く同じセリフを言う、そんな偶然があるだろうか。

そして私はある一つの憶測に辿《たど》り着く。

もしかして……佐藤くんって……こうちゃんこと、佐藤先生、なの？


翌日。図書室に行って手紙を確認してから帰ろうと、私は机の中の教科書をせっせと取り出していた。律は今日日直なので私の席へは来ず、終業のチャイムと共に職員室へ向かった。そのとき、シャラリと音を立てた何かに気がついた。見てみると、スクールバッグに付けていたストラップのビーズが取れていた。ピンクの布製リボンが目を引くストラップには、紐《ひも》とチャームを繋《つな》ぐ金具から小さなビーズのチェーンも一緒に垂れ下がっていて、まさに私好みの可憐《かれん》なデザインである。

今年の誕生日に律がプレゼントしてくれたこのストラップは、どこにでも売っているわけではなく、写真投稿アプリでハンドメイドアクセサリーを作るアカウントとして人気を博している人の作る一点物だった。私はそのアカウントを密《ひそ》かにフォローしているファンだったが、ハンドメイド作品は値段が張るので手が出せなかった。だから律がこれをくれたときは、私が可愛いものを好きだと知っていたのかという驚愕《きょうがく》と、ずっと欲しかったものをもらえた嬉しさが混在した。

しかし実際は全然違っていた。律は色違いのスカイブルーのリボンのついたストラップを一緒に買ってスクールバッグに付けていたのだ。今思えば当たり前なのかもしれないが、律は私が可愛いもの好きな女子らしい一面があることを知らないのだから、私が好きなものをプレゼントにできるはずがない。自分が欲しいものの色違いを私にくれたというだけである。

「美月」

突然前方から声がする。

ストラップに釘付《くぎづ》けだった視線をパッと上げると、海斗がいた。

「わ、びっくりした……」

私の前の席の人は既に下校していたらしい、海斗は前にあるイスにドカッと腰掛けた。

「あ、律は今日日直だからまだ来ないよ」

いつもの流れで私の席に来たのかと思った私はそう言った。しかし海斗はあっけらかんと答える。

「そんなの知ってるよ。美月のとこに来ただけ」

一瞬耳を疑う。

私のところに来た？……いやいや、問題発言過ぎる。

「来なくていいよ」

正直私は海斗と話したくなかった。さくらちゃんや舞衣ちゃんの陰口が忘れられないのだ。海斗と話す度にあのときの声色までもがフラッシュバックしてきて、常に周りの様子を窺《うかが》ってしまう。さくらちゃんと舞衣ちゃんはクラスの中でも発言力と存在感があるから、私の悪口は他のクラスメイトにも確実に伝えているだろう。

「最近何でそんなに冷たいの？　俺何かした？」

「い、いや、そういうわけじゃないけど」

私は焦って否定する。

「ならいいや。……あ、それ、律とお揃いのやつじゃん。壊れてるけど」

「ああ、今取れちゃったみたいで。家帰ったら直してみる」

私はビーズが揺れるチェーンをサッと制服のポケットに仕舞い込んだ。

今の私の心はとても複雑で、わざわざ律がいないのに私のところに来なくてもいいのにという気持ちと、海斗が私と話すためだけに来てくれたという気持ちが織り交ざっている。速まる鼓動が果たして怯《ひる》みなのか喜びなのか自分でもわからない。

「それさ、全然美月っぽくないよな」

海斗はおかしそうに目を細めて言った。

やっぱり海斗も私らしくないって思うんだ……。

その何気ない発言に喉《のど》が押し潰《つぶ》されたように痛くなり、ほんの少しだけ笑顔を忘れてしまった。

「絶対律が欲しいやつ選んだだけだろ。好みじゃなくても付けてあげてて美月は偉いなー」

……本当は違うんだけどな。そう感じても、言えるはずがなかった。

律とお揃いという理由でこれを付けていると周りの皆は思っているのだろうが（海斗にすらそう思われているのだから）、本当は律とは関係ない私の意志で付けている。もっとも、律が色違いを付けてくれているおかげで、私がこの可愛らしいストラップを付けていても疑問を抱かれることはないのだが。

「別に偉くはないよ。……じゃあ私帰るね」

私は口角を強引に引き上げてイスを引いた。

これ以上ふたりきりで喋《しゃべ》っていたら、クラスの女子に何て言われるか、想像するだけでゾッとする。

「……待って」

「え？」

すると、海斗が不意に私の手首を掴んだ。

触れられた部分から伝わる熱が全身に巡ってくるようで、眩暈《めまい》がしそうだった。ドクンと強く脈打って、今までにないほど心臓が激しく動き始める。

「な、何？」

教室なんて、一番たくさんの人に見られるのに。律がいないときに、目立つようなことをしないでほしいのに。

「やっぱり美月、おかしいよ。最近俺のこと避けてるだろ？」

「そんなことないよ。良いから離して」

やめて、やめて。嬉《うれ》しくない、嬉しくなんかない。心の中で叫び続けた。

私の手首を包む大きくて固い手、向けられる真剣な眼差《まなざ》しに、どんどん息が苦しくなっていく。

クラスの女子に見られたら――。

「何、してるの？」

高いソプラノの声が合図となって、私と海斗の手がするりと離れていく。

ふと見ると、ぱっちりとした瞳《ひとみ》をさらに大きく開いた律が佇《たたず》んでいた。その表情はどことなくぎこちない。

どうしよう。一気に冷や汗が額に滲《にじ》み、何と説明しようかと頭を働かせていると。

「あ、律。お疲れ。何か美月が俺のこと嫌うから怒ってた」

「えぇ、そうなの？　美月、ダメだよっ。海斗に優しくしてよ～？」

ごく普通に答えた海斗に対し、硬い表情に見えた律はぷうっと頬に空気を含んで言った。

思わず拍子抜けした。海斗の一言でこんなにあっけなく状況が収まってしまうとは。

「……ああ、うん。わかった」

乾いた唇から何とか声を絞り出して頷《うなず》き、今度こそ図書室に向かおうと二人に背を向ける。

「じゃあ、また明日ね」

「うん、バイバ～イ！」

教室から出た私は、廊下を歩きながら今の出来事を振り返っていた。

避けられていることを感じた海斗が手を摑《つか》んで引き留めてきて、心臓が壊れるのではないかと思うほどものすごくドキドキした。もちろん注目を集めるのは嫌だったが、海斗と手を繫いだことも、自分だけにまっすぐな視線が注がれたことも生まれて初めてで、その温度は今すぐにでも思い出せる。

しかし、海斗にとっては違ったのだ。胸を揺さぶられた私のことなんてつゆ知らず、あくまで幼なじみとして行動しただけのこと、海斗が一喜一憂するのは後にも先にも律だけだった。全て海斗にしてみたら何でもないことで、律の彼氏なのだからそれも当たり前、変に意識してしまう私がおかしい。そう言い聞かせてみても、気持ちの落差に悲しくなるだけだった。

図書室の扉を開くと、少しの肌寒さを体感する。荒ぶる心を落ち着かせるために息を深く吸うと、寂しい金木犀《きんもくせい》の香りが鼻を掠《かす》めた。ただ、ゆったりしている時間はない。特等席にそそくさと荷物を置き、足早に本棚へと向かう。

佐藤くんからの「会いたい」という言葉に真面目に返すのは何だか恥ずかしくて、昨日はあえて自ら冗談という方向に持って行った。それに対して、佐藤くんは何と言ってくるのだろうか。『こころ』を開くと、いつも通りの便箋《びんせん》が挟まっていた。

そうだよな。ごめん、忘れて。

君と俺は絶対にすれ違わない。自信がある。

そうそう。今更だけど、藍原さんのこと色々知りたいから、教えてほしい。

好きなことは何？


「は……？」

思わず本棚の前で小さな声が零《こぼ》れた。

「ごめん、忘れて」って、何それ。私はその返事にまず不満を抱いた。

物足りないというか、もっとこう、強引に押すとか正体を明かすとかはしないのか。

佐藤くんはいつもそうだ。突発的にまっすぐ想いを伝えたと思ったら、次の瞬間にはもう理性を取り戻して、ぶつけた想いをなかったことにしてしまう。私がいつもそれに大きく心を動かされているのが馬鹿馬鹿しくなってくる。

そこで初めて気づかされた。私はもしかしたら、「会いたい」が嬉しかったのかもしれない。そう、きっと純粋に嬉しかった。だから発言を忘れるように求められて、その気持ちまで否定されたようでショックを受けているのだ。こんなことなら、冗談めかした返事ではなく、素直な感情を綴《つづ》れば良かったと少しだけ後悔した。

それにしても、「絶対にすれ違わない」という謎の自信はどこから生まれているのだろう。同じ本に手紙を挟むことで文通をしているのだから、すれ違わないと言い切れないはずだ。すれ違わないと断言できる時間帯に手紙を入れているとしたら、例えば図書室の開室前や閉室後、もしくは授業中——……。私が手紙を受け取れない時間帯を考えつく限り挙げてみたところでハッとする。「授業がないときにも、図書室にはよく来るかな」というこうちゃんの台詞《せりふ》を思い出したのだ。授業中に手紙を入れるのは、教師であるこうちゃんだったら難なくできる。

待てよ。これは……こうちゃんである可能性がかなり高いのでは？　素性を頑《かたく》なに話そうとしないのは、教師という立場上の問題があれば合点がいく。正体を知られないことに自信満々なのも、私が相手は生徒だと信じ込んで文通しているため自明である。

まさか本当に、こうちゃん、つまり佐藤先生なのだろうか。こうちゃんだとしたら、教師でありながら私のことを気になっているということになってしまう。いやいや、いくら若くて穏やかで生徒から人気だとは言え、教師と生徒は——。

「なわけない、よね」

跳ね上がった心拍数を必死に鎮めつつ、声に出して自分にそう言い聞かせた。

そうだ。絶対に正体を知られたくないのなら、最初に「佐藤」と名乗ったりしない。佐藤くんに関しては、なぜ最初だけ自分の情報に一番直結すると言って良い名前を書いたのかという大きな未解決の問題がある。もっとも、名前がなければ私は怪しんで返事を書かなかっただろうが。「佐藤」と書いてあったからこそ、私の方が覚えていないのであれば申し訳ないと思って、返事を書くことにしたのだ。まあこの問題についても、どうせ聞いても教えてくれない。正体に辿《たど》り着いたときに解決するかもしれないと見込んだ私は、とりあえず今までの手紙をヒントに佐藤くんを探し続ける方向で進めようと心に決めた。

私は、お菓子作りとか料理とかが好きかな。
手芸もよくやってる。
でもこういうのは私のキャラじゃないって言われるから、誰にも言ってない。
佐藤くんに話したのが初めて。

佐藤くんからの手紙にあった質問に答える形で私は返事を書いた。佐藤くんになら、躊躇《ためら》わずに隠している趣味を打ち明けられた。やはり、顔の見えないある程度距離が保たれた関係だからこそ、心をオープンにできる。

さっきはピンクのリボンのストラップに対して、海斗にも「美月っぽくないよな」と言われてしまった。あれは正直、結構応《こた》えた。私を律の親友くらいに思っているよく知らない人から言われるのと、幼い頃から一緒にいる幼なじみの海斗に言われるのとでは、ダメージが全く違う。佐藤くんは、どんな言葉をくれるのだろうか――。

『こころ』を本棚に戻そうと立ち上がると、スカートのポケットの中で壊れたチェーンが微《かす》かに音を立てた。

素敵な趣味だな。

もっと自分を出してもいいと思う。

こういう手紙だけでも、藍原さんは十分女の子らしいって俺は感じるけど。

✉

可愛い親友がいるから、自分を出したくても出せない。引かれるのが怖いの。

女の子らしいとか、そういうのいいから！

（汗）

✉

そうか。いつか素の藍原さんのことを理解してくれる人が現れるよ。

もしかしたらもう近くにいるかもしれないし。

最近、学校生活で楽しいことは何？

✉

うん、そうだといいな。

特にないな……。ごめんね、つまらなくて。

学校あんまり好きじゃないんだ。

学校が好きじゃないのか。

それはもったいない。

せっかくの高校二年生、楽しまないと損だ。

もったいないって何それ〜　自分が楽しんでるなら、それでいいでしょ！
そういう佐藤くんは、学校生活で何が楽しいの？

それから二週間の間、佐藤くんと文通を続けていた。途中で中間テストが実施されたため、図書室に寄れなかったり返事が遅れたりすることもあったが、佐藤くんの手紙は私の心の拠《よ》り所へと変化していった。
ずっと内緒にしてきた女子らしい趣味や好みを佐藤くんに初めて打ち明けた私は、肯定とはいかなくとも、せめて否定されないような返事が届くことを願っていた。佐藤くんはいくら私と深く関わっていないとは言え、何かしらの形で私のことを知っていたのなら、違ったイメージを持たれていてもおかしくないし、自分の好みを話すことでそのイメージを壊す行為になりかねないと思って心配をしていたのだ。しかし、彼は私が願っていた以上の返事をくれた。「女の子らしい」と言われたのは正直ものすごく恥ずかしくて、照れ隠しをしてしまったが、眩《まぶ》しいほどに前向きで嘘のない言葉が並べられていた。

佐藤くんは手紙を見る限り、きっとまっすぐな人なのだと思う。たまにそれが羨《うらや》ましくもあり、遠くに感じてしまうときもある。私は日頃から律への嫉妬《しっと》、友達関係の葛藤《かっとう》に悩んでいるうえに、ネガティブで卑屈な性格だから、決して佐藤くんのようなまっすぐな人に興味を持ってもらえる人間ではない。こんな私のどこに惹《ひ》かれるのだろうと改めて疑問に感じる。

それよりも、私はある違和感が拭《ぬぐ》えなかった。

「……さん」

だって、佐藤くんは――。

「……さん、藍原さん！」

「は、はいっ」

しまった。今は授業中だった。いつも真面目に聞いているのに、ついぼーっとして佐藤くんのことを考えてしまった。

「八十五ページを読んでね」

「あ、はい」

現実に戻ってくると、教科書を片手にこうちゃんが教壇から視線を送ってきていた。

他のクラスメイトもちらちらと私の方を振り返って様子を窺《うかが》っている。慌てて私はイスから立ち上がり、指示された教科書のページを読み始める。

「……理由も分らずに押付けられたものを大人しく受取って、理由も分らずに生きていくのが、我々生きもののさだめだ」

「はい。じゃあ次、橘《たちばな》くん」

恥ずかしさと焦りに耐えつつ該当するページを何とか読み終わり、胸を撫《な》で下ろしながら着席する。上の空だった自業自得だが、クラスの注目を浴びたのは辛《つら》かった。しかし一度指名されてしまえば、もう今日の授業で再び指名されることはない。今度こそ物思いに耽《ふけ》った。

私が抱いた違和感、それは、佐藤くんはこの学校の生徒ではないのでは、ということだった。自分でも突飛なことを考え出したのはわかっている。だが、どうしても手紙の内容が噛《か》み合っていないように読めてしまう。以前テストの話をしたときにはまるで他人事《ひとごと》のような口ぶりで（そのときは学力に自信があるからこその発言だと思い込んでいたが）、今回もまるで自分が高校生ではないと言わんばかりの返答がきた。とは言え手紙を読んだときには違和感には気づけず、相手が高校生であるという体で返事を書いてしまい、こうして時が経ってから不思議に思ってしまっている。

教師であるこうちゃんではないと信じ切っていたが、ここに来てまさかの一番の有力候補に躍り出た。もはや生徒でも教師でもないなら、この校内に他に誰がいるというのか。

もしかして、外部の人間？　私の頭にはそんな憶測が過《よぎ》った。ここまで頻繁に文通できているのに外部の人なんてありえないが、例えば過去と現在が繋《つな》がっているとか、図書室で何か奇妙な現象が起きるとか、ファンタジーの世界だったら――。さすがにそれは冗談にしても、佐藤くんを探ろうとすればするほど正体は謎めいていく。

行き詰まって浮かない顔のまま正面を見据えると、こうちゃんの混沌《こんとん》とした瞳《ひとみ》と視線が交わった。

俺は、藍原さんとの手紙のやり取りが一番楽しい。

生きてきた中で一番。

「な、……っ」

手紙を見た私は思わず便箋《びんせん》を持つ手に力を入れてしまい、紙がクシャリと何本かの皺《しわ》を作った。

顔に身体中の熱が集中していくのを自分でも感じ、サウナにいるのかと錯覚するほど全身が熱くて熱くてたまらない。周りから見た私はゆでだこのように赤くなっていることだろう。

佐藤くんってば、何を言ってるの……⁉　私は心の中で抗議していた。

一番、それも〝生きてきた中で〟一番楽しいことが、私との文通だと言うのか。もっと他にも学校行事とか、生きてきた中という広範囲ならそれこそ旅行や遊びなどでもいいのだ。

それがなぜ私との文通なのだろう。そう言われて嬉《うれ》しいかと聞かれたら少しは嬉しいのかもしれないが、いくらなんでも大げさすぎるというか、照れずにはいられないというか……。とにかく、佐藤くんの考えていることが全く摑《つか》めない。

私がもう少し男子と積極的に関わるタイプだったら、佐藤くんの気持ちのあと何十パーセントかは読み取れたのだろうか。基本的に私はクラスの男子に自分から話しかけることはほとんどないし、話しかけられても必要以上の会話はしない。休み時間に席が近くの男子と他愛もない話をしている律を見ると、こういう側面でも根本的に違うのだと思い知らされる。むろん、律のようにたとえ用事がなくてもフレンドリーに会話をする方が良いのはわかっている。しかし、律は可愛くてノリが良いから無駄話も楽しくできるのであって、私みたいな人間が必要以上に人と関わってても特にメリットはなく、変に目立ったり反感を買ったりする可能性も高いので、今までずっとおとなしく普通に生きてきた。

つまるところ、本当に私は海斗くらいしかまともに関わってきた男子はいなかったのだ。佐藤くんの真意について助言してくれそうな相手は、海斗以外にはいない。

私は窓の外に首を傾けた。どんよりと淀《よど》む曇り空の下、長袖《ながそで》のジャージを身に纏《まと》ったサッカー部が校庭をランニングしていた。冬に近づくにつれて身体づくりの練習メニューが増えるらしい。中学の頃に海斗がそんなことを熱心に話していた気がする。

しかし今の状況で、海斗に聞けるわけがなかった。

やはり教室では必要以上の接触を避けたいのと、この前の言動が私の中ではずっと引っかかっていて、以前のように幼なじみとして親しくできなくなっていた。さっきも私が教室を出て行くとき、部活の用意ができた海斗がやってきたが、私は海斗の方には一度も目を向けずに律にだけ手を振ってきた。

「はぁ……どうしよう」

盛大なため息を吐いて手紙にもう一度視線を落とすと、ボールペンで書かれた文字が普段よりはどこか弱々しく感じる。もしかしてこれを書くとき、佐藤くんも緊張したのだろうか。

手紙を見たらまた顔が熱くなってきた。照れ臭さからかむず痒《がゆ》いような感覚が足元を襲い、私は何となく足を組み替えて誤魔化した。ドキドキと内側から押されるような拍動が耳にまで響いて、落ち着こうとすればするほど佐藤くんの言葉が脳内で繰り返された。

佐藤くんって、私のことが……好き、なのかな？　私は心の中でひとり問うてみる。

最初は気になっていると言ってくれたが、それ以降は特に決定的なセリフを言われていないし、「会いたい」とあったのも結局はなかったことにされてしまった。佐藤くんの最初の手紙は、友達になりたいという意味で気になっていると書いたのかもしれない。今回の思わせぶりな一言も、本人は楽しさを表現する際に「生きてきた中で一番」なんて誇張をよく使うのかもしれない。そうなったら、私はとんだ恥ずかしい勘違いをしていることになる。

何もかもわからない。男心は難しすぎる。くだらない内容だったらすぐに返事を書けるが、どうもこの手の内容は苦手だ。

「あ」

そのとき、窓から僅《わず》かに見える昇降口から、見覚えのあるシルエットが現れた。人目を引く照り輝く金髪は、遠く離れた図書室からでも一発でわかった。あれは杉浦くんだ。

そうだ、忘れていた。私は杉浦くんに用事があることを思い出し、急いで荷物をまとめて図書室を飛び出た。

廊下をダッシュで駆け回り、素早い動きでローファーに履き替えて外に出る。

「ま、待って……っ！」

へとへとになりながら私は金色の頭をめがけて走り続けた。

昇降口から校門まで校庭と隣接した並木道があり、杉浦くんはその並木道を颯爽《さっそう》と歩いていた。身長がモデル並みに高い分コンパスが長いのだろう、ただ歩いているだけなのになかなか追いつけない。

「杉浦くん！　はぁ、はぁ……」

息を切らしながらも最後の力を振り絞って声をぶつけると、杉浦くんが不意に振り返った。それと同時に夕風が吹き抜けて、彼の髪と同じような金色に色づいたイチョウの葉がはらはらと舞い落ちる。

「……どうしたんだよ」

その鋭い眼光を見て私は一瞬怯《ひる》む。頭から忘れ去っていたが、この人、不良だった。校内で話しかけようとする人はほぼいない、一匹狼状態の杉浦くんに咄嗟《とっさ》に話しかけてしまった。

イチョウ並木は左右にグラウンドがあり、右側でサッカー部、左側で野球部が活動しているため、私と杉浦くんの姿は簡単に見られる。このツーショットは異様な光景として、もしかしたら私まで恐れるべき存在として認知されることもあるかもしれない。

「……何もねえなら帰るぞ」

「あ、待って！」

私は慌てて肩にかけていたスクールバッグのファスナーを開き、内ポケットから絆創《ばんそう》膏《こう》を取り出した。いつか渡さなければと思っていたのになかなかタイミングがなかった。

「これ、この前はありがとう」

絆創膏を杉浦くんに差し出すと、彼は形の整った美しい目を少し見開き、そして柔らかく細めて言った。

「律儀だなー。こんなのもらっちまえばいいだろ」

「どうして笑うの？　もらったものは返すのが当たり前でしょ」

「そういうのを律儀って言うんだよ。……まー受け取っとくわ」

杉浦くんは絆創膏をブレザーのポケットに突っ込んだ。

「藍原は、電車通学？」

「そうだよ」

「俺も。じゃ、一緒に行くか」

成り行きで杉浦くんと駅まで向かうことになってしまった。絶対に早歩きしないとついていけないと思っていたが、私たちは適度な距離を保ちながら並んで歩いている。脚の長い杉浦くんが歩幅を調節して私の歩調に合わせてくれているのだ。

第一印象は最悪だった杉浦くんだが、関わっていくうえで怖いイメージは取り払われていた。少し口調は悪いとは言え、根は優しくて普通の人と変わらない。不良というよりは、ただの遅刻魔、加えてサボり魔という枠組みの方がふさわしい気がする。おそらく杉浦くんは喧嘩《けんか》も薬物もやっていないだろう。

しかし、杉浦くんといることで周囲の関心を集めるのは避けたかった。ただでさえ律という目立つ親友の隣にいるのに、これ以上周囲の目を引くようなことは嫌だった。なるべく私は波風立てずに平和に過ごしたい。

「……普通、小さい絆創膏一枚もらってわざわざ返すかよ」

杉浦くんが言った。

「いいでしょ、別に。女子は皆必ず持ち歩いてるし、帰るついでに返しただけだから」

「疲れ具合からして、ついでって感じじゃなかったけどな。それに、女子でも絆創膏持ち歩いてねえ奴絶対いるだろ。そういう奴に失礼だから、お前が女子力あるってことにしとけよ」

「ちょ、女子力とか、やめてよ」

私は焦って否定した。いつもの癖で、女子らしいと言われるような一面は隠したくなってしまう。

一方で杉浦くんのセリフがなぜか胸にストンと落ちてきた。絆創膏を持っているか否かで女子力の有無を判断するのはやはり間違っていると思うが、彼の目にはそう映っているのだと思うと不思議と悪い気はしなかった。

「だってお前、持ってるハンカチも可愛いじゃん。いかにも女子って感じ」

「そ、そんなことない。……って、何でハンカチのこと知ってるの？」

「スカートのポケット、見てみ？」

杉浦くんの指先を辿《たど》ると、私のスカートのポケットからピンクのハンカチが顔を覗《のぞ》かせていた。

「！」

恥ずかしすぎる。いつから出ていたのだろう。

顔を真っ赤にしながら、私は焦ってハンカチをポケットの奥まで入れた。

どうせお手洗いでしか使わないのだ、ハンカチくらいは可愛らしいデザインのものを持ちたくて、レースやフリルがあしらわれていたり小花やリボンが刺繍《ししゅう》されていたりするハンカチを常日頃使っている。

一番気に入っていた白いレースのものはどこかに行ってしまったが。

「うわ、気づかなかった。教えてくれてありがとう」

「……どういたしまして」

分厚い雲に覆われて真っ暗な空は、徐々に日が沈むのが早まるこの季節、すぐに暗くなる。高校を出てしばらくすると、歩道の木々と共《とも》に立つ街灯が灯って地面に暖かい光をもたらした。

一人で帰っていると、駅までの数分だけでどことなく気分が下がるため、誰かと話しながら帰るのは気が紛れて良いと思った。それならば毎日海斗と帰っている律は、私が普段とぼとぼと一人で歩いていたこの数分を、さぞ楽しくて貴重な時間に感じていたことだろう。同じ時間を過ごしていても、律と私の充実感は全く違うのだと改めて実感した。

「で、最近どうなんだよ。手紙の相手、見つかったんか？」

思い出したように杉浦くんが言う。意外と私と佐藤くんの状況を気にかけているらしい。

「ううん。全然見つからない。でも、ようやく絞れてきたような気が……」

そこまで言いかけた私はあることをピンと思いつき、恐る恐る尋ねてみる。

「……あの、さ。ちょっと聞きたいことがあるんだけど……」

「あ？」

「えっと、藍原さんとの文通が生きてきた中で一番楽しい、って手紙で言われたんだけど、これってどういう意味だと思う……？」

海斗に聞けないなら杉浦くんに聞いてしまえ。そう思って意を決して訊《き》いた。彼ならおそらく他言しない（他言する相手がいない）だろうし、一応男子だし、建設的なアドバイスがもらえるかもしれない。

「そのまんまの意味だろ」

しかし返ってきたのはその一言だった。

「そのまんま、って、それはそうだけど！……そうじゃなくて、私のこと……どう思ってるのかな、ってことだよ」

「さあ？　知らね」

駄目だ。全く役に立たなかった。

せっかく勇気を出して訊いたのに、それも個人的にはかなり照れる手紙の内容を話してまで訊いたのに、期待外れの答えが返ってきてがっくりと項垂《うなだ》れた。

まあ、杉浦くん相手だから仕方ないか。もっと感受性豊かな人に訊いた方が良かったな。私は呆《あき》れて前を向き、歩くスピードを少し早めて言った。

「もっと真面目に考えてよ。こっちは何て返そうか真剣に悩んでるんだから」

もう誰かに助言を請わずに、自分でどうにか頭を捻《ひね》って返事を書くしかなさそうだ。

そう諦観《ていかん》したとき、手のひらを不意に大きな手で包まれる感触があった。

「へ……？」

驚いて横を見上げると、私の手を握っている杉浦くんが優しい目を向けている。

「俺は、藍原と話すのが生きてきた中で一番楽しいよ」

バクン、と心臓が大きく脈打つ。沸騰したように激しく血液が全身を巡り、熱が触れ合う手から手へ一気に伝導してしまいそうだった。

「な、何言って……」

「ほら、こういうことだろ」

杉浦くんは、パッと手を離す。

「そいつはきっと、お前に好意があるってこと」

……騙《だま》された。一瞬でも胸が高鳴ったのを取り消したい。

杉浦くんが急に手を摑《つか》んで優しい声色で話すから、大いに動揺してしまった。私ばかり調子を狂わされて何だか気に食わない。

「そ、そうかな」

あえてポーカーフェイスで素っ気なく言った。

「何照れてんだよ」

「全然照れてないけど」

「嘘だろ。顔赤いぞ」

「うるさい……！」

杉浦くんとくだらないやり取りをしているうちに、いつの間にか駅に到着していた。

私たちは駅の構内に入り、改札口へと向かう。

「あれ……」

その最中に見覚えのある姿を目にして、思わず足を止めた。

「どうしたんだよ？」

「いや、そこにいるのって……」

私が凝視していた方向を追った杉浦くんは、同じようにその場に留《とど》まる。

改札口の横にいたのは、なんとこうちゃんだった。しかも、隣には小柄な女性がいる。

「現文の佐藤か」

「あれ、奥さんかな……」

栗色の柔らかい髪を緩く巻いた女性は、胸に小さな赤ちゃんを抱きかかえていた。

知らなかった。こうちゃんは、奥さんと子供がいたのか。普段学校では結婚指輪をしていないから、てっきり独身なのかと思ってしまっていた。

「ずっとここにいるわけにもいかねえし、気まずいけど改札通るぞ」

「あ、うん。そうだね」

改札を通るには必ずこうちゃんが立ち話している横を通らなくてはならず、私たちは歩き出した。教師のプライベートな場面に遭遇するのは杉浦くんの言う通り気まずいが、こうちゃんは微笑を浮かべながら赤ちゃんに接していて、学校と変わらない穏やかな姿を見せていたのでほっとした。おそらくこうちゃんは家庭でも良い父親なのだろう。

距離があって途切れ途切れにしか聞こえなかった会話が、改札に近づくにつれて徐々にはっきりとした言葉で耳に入ってくる。

「……うん。こうちゃんも早く相手見つけなよ？」

「わかったって。……幸せにな。絵梨」

こうちゃんが呼んだ名前に耳が反応した。それがいつどこで聞いたものだったのか思い返していると、女性と手を振って別れたこうちゃんと目が合ってしまった。

「藍原さん……」

　こうちゃんは悲しげな表情のまま、隣にいた杉浦くんにも視線を移した。

「奇遇だね。僕も電車通勤なんだよ」

「……先生、この前、私にえりって……」

　思い出すのと同時にうっかり口走ってしまった。

　そうだった。「えり」というのは、図書室にいたこうちゃんをあだ名で呼んでしまったときに、振り向いたこうちゃんが私に言った名前だった。

　今の二人の会話からすると、こうちゃんは絵梨さんと夫婦ではないのか――。

「ご、ごめんなさい」

　咄嗟《とっさ》に謝ると、こうちゃんは困ったような笑みを作ってわざと明るい口調で言った。

「聞こえちゃってたね。今の人は、先生が昔付き合っていた人なんだよ」

　こうちゃんの方から軽くカミングアウトされるとは思っていなかったので、びっくりして一瞬何を言われているのか理解できなかった。しかし今の会話を聞き、こうちゃんの顔を見れば、それは容易に想像できた。

　……きっとこうちゃんは、今も絵梨さんのことが好きなのだ。

「今も好きなんすか」

「ちょっと、杉浦くん!?」

　何の躊躇《ちゅうちょ》もなく平然と言ってのけた杉浦くんに、私はぎょっとして狼狽《ろうばい》した。

恐ろしい。不良とか関係なしに、質問が直球すぎるところ、思ったことをすぐ口に出すところが本当に恐ろしい。

「そうだね～、どうなんだろう」

こうちゃんはそんな杉浦くんに怒るでも焦るでもなく、変わらぬ笑顔のまま言葉を濁した。

なぜだろう。こうちゃんはとても辛《つら》そうに映り、私まで心臓が痛み始めた。こうちゃんを佐藤くんだと疑っているという身勝手な事情で、私はこんなにも感情移入してしまっているのだろうか。

授業中に見せる、優しさの中に生き生きとした光のある笑顔とはまるで異なり、何だかいたたまれなくなって私は声を発した。

「せ、先生、私に無理してるって言ったじゃないですか。私には……先生が無理してるように見えます」

杉浦くんが隣にいるせいかもしれない、私まで普段よりストレートになってしまう。いつもだったらこんな人の心にずけずけと踏み込むような言動はしないのに。感情の変化には人一倍目敏《めざと》くても、わざわざそれを伝えることはないのに。

違う。私は知りたいのだ。私のことを心配しておきながら、自分は感情に蓋《ふた》をしてしまう理由を。

「大人は色々あるんだよ。うまくいかないこともたくさんあるけど、いちいち悲しいとか苦しいとか表現できる年齢じゃなくなるんだ」

「そんなの、大人を言い訳にしているようにしか……」

「うん、言い訳なのかもしれない。でも、感情のままでいられるのは本当に若いうちだけなんだ。だから君たちはこれから失敗や後悔をたくさん経験して、まだまだ成長していける。今の時期を大切にしてね」

「それが大人だって言うなら、大人は、……佐藤先生は、どこに辛い気持ちをぶつけるんですか？」

一度話し出したら止まらなかった。杉浦くんは隣で黙って私とこうちゃんのやり取りに耳を傾けているようだった。

「だって、先生……泣いてますよ？」

私の言葉で、こうちゃんは啞然《あぜん》として自分の頰をさすった。触れた指に涙の雫《しずく》がついているのを見て、顔に困惑の色が広がった。

絵梨さんと別れてから、こうちゃんの瞳《ひとみ》はずっと潤んでいたのだ。

泣いていることに気づくと、一瞬苦しげに目を固く瞑《つぶ》ってから顔を上げた。涙と共にずっと溜《た》まっていた想いが溢《あふ》れ出したのだろう、まるで一気に蛇口を捻《ひね》ったようにこうちゃんは突如として早口で経緯を語り出した。

「……結局僕は二番手だった、っていうそれだけの話だよ。大学時代、家庭の問題でどん底にいた彼女を救ったのが僕だったから、ずっと一緒にいてくれるって慢心しちゃってたのかな。それがまさか就職して遠距離になった後すぐに、妊娠したから別れて、って言われると思ってなくてね。その日はちょうどプロポーズしようと指輪を選んでいた日で――……」

笑顔を絶やさないでいるものの、微《かす》かに震える声がこうちゃんの傷ついた心を投影していた。

今のまとめられた話を聞いているだけでも私の胸は押し潰《つぶ》されたように痛くなったのだから、当時のこうちゃんの気持ちは計り知れない。何年も一途《いちず》に想い続けていた分、余計に。

「彼女が帰省していたタイミングで遭遇するとは思わなかったな。……ごめんね。みっともない姿を見せちゃったし、そもそも生徒にこんな話をするべきじゃないね。僕の方が君らよりよっぽど子供みたいだ」

「そんなことないですよ。大人とか子供とか関係ないって、私は思います……」

「あーあ。僕も案外、生徒のことちゃんと見ているようで見られてないんだな。藍原さんがこんなにも芯《しん》のある強い子だと思ってなかったよ。……それとも、そうなったのは近くにいる人のパワーかな」

こうちゃんは隣で黙っている杉浦くんに視線を移した。表情は先程よりはどこか吹っ切れたように見えた。

「いや、俺じゃねえっすよ。こいつが変わったのは、別の人のおかげなんで」

「えっ、誰のこと？」

「何とぼけてんだよ。手紙の相手が、きっとお前を動かしてんだろ？」

私の目を見て、杉浦くんははっきりとした口調で言った。

佐藤くんが、私の行動の原動力になっていると言うのか。思い返してみれば、佐藤涼介先輩の鞄《かばん》が隠されたときも、佐藤航平先生が苦しそうな今だって、以前だったら他人事《ひとごと》だと思って絶対に干渉しようとしなかった。自分に関係ないことで無駄に出しゃばって、良い影響はないと思っていたからだ。

しかし最近、普段考えていることやそのとき思ったことを心の中で消化せず、表に出すようになっていた。それが意外と気持ちが良いのだ。自分がすっきりするだけでなく、相手の心に響いて通じ合えることがこんなに幸せなことだと知らなかった。

後は私が直接的に関わる物事で、現状を壊すことを恐れずに素直になれたら——。

「よくわからないけど、自分を成長させてくれる人との出逢《であ》いは、人生にそう何度もないよ。そういう人との縁は一生大事にしてね。離れてみてから気づくんじゃ、遅いこともあるから」

こうちゃんの言葉が、心の奥底に突き刺さる。

佐藤くんとの出逢いは、私の人生の中でかけがえのないものなのだ。

離れてからでは遅い。そう思ったとき、私の心はすっと呪縛《じゅばく》から解き放たれたような気分になった。

今、自分の中で佐藤くんの存在が大きくなっていっていること。それと一緒に、海斗への気持ちが薄れていることに気づかされた。

もちろん海斗のことを大切に想う気持ちは変わらない。しかしそれは純粋な恋心とは違うような気がした。

過ごした時の長さや距離の近さから、いつしか執着に近い感情に変わってしまっていた。

律へのコンプレックスが刺激されて、悔しく虚《むな》しくなった気持ちを好きという理由をつけてカバーしたかったのかもしれない。それに、海斗にかけた時間や気持ちや労力が無駄になってしまう恐怖から、諦《あきら》めることのほうが難しくなっていたのかもしれない。

私はもう、海斗のことを純粋に好きだとは言えない。そう認めたら、心がすっと軽くなっていく。

「じゃあ、僕、そろそろ帰らなきゃ。色々と迷惑かけちゃって悪かったね」

「いえいえ、また」

こうちゃんは取り出したスマホの画面を見ると、そう言って私たちに手を振る。

こうちゃんは、……佐藤先生は、佐藤くんではなかった。

佐藤くんはスマホを持っていないと言っていた。それに一人称が「僕」だったのも、今思えば前々から佐藤くんとは違うと判断できる要素だった。

私、生意気だったかな？　遠くなるこうちゃんの背中を見ながら、私は途端に不安になる。自分でも、教師に意見するなんて行動に出ると思わなかった。

「……かっこよかったな、お前」

すると、杉浦くんがポツリと言った。

「う、嘘だ」

「ほんとだって。俺は嘘なんてつかねえよ」

「それもそうだね。嘘つかないっていうか、嘘つけないもんね」

「おい、馬鹿にしてるだろ」

頭を軽く小突かれ、私はそれを避けながらも杉浦くんに何気なく尋《よ》ねてみた。

「……ねえ、早く大人になりたいって思う？」

「……さあ、どうだろうな。考えたこともねえけど、大人になるってわりーことじゃねえとは思うな。藍原はどうなんだよ」

「私は、ずっと早く大人になりたいって思ってた。私にとって学校っていう場所は、あまりにも狭くて息苦しくて、疲れるときがあるから。早く大人になって、もっと自由になりたいって思ってた。……でも、良いことばっかりじゃないのかな」

私は前を見据えたまま言った。

「んー、それはお前次第だろ。大人にはなれても、自由になれるとは限らねえからな」

杉浦くんは妙に神妙な面持ちで、私の質問に真摯《しんし》に答えてくれた。彼の横顔は大人びて見える一方、消えてしまいそうな儚《はかな》さも感じた。

「ほら、そろそろ俺らも帰るぞ」

「あ、うん」

私は杉浦くんの後に続いて改札を通る。電車が来るまで、杉浦くんと私は他愛ない会話をしたり連絡先を交換したりした。私は連絡することはないと断ったのだが、杉浦くんに「男心わからねえときどうすんだよ」と言いくるめられて無理やり交換させられてしまった。

こうして、「佐藤くん探し」は、また振り出しに戻ってしまった。

掴《つか》めそうな気がして手を伸ばすと、あっという間にすり抜けて手のひらには何も残っていないような感覚がある。追いつけない。届かない。

佐藤くんの正体がいつわかるのか先が見えないが、今やれることは焦らずに文通を続けて手掛かりを探していくことくらいだ。とりあえず、早く返事を書こう。どうやって佐藤くんを見つけていくか考えるのはそれからだ。

私は佐藤くんが気になっている。佐藤くんのことが知りたい。もっと彼の近くにいきたい。

それは、どこの誰なのかわからないからなのだと、そう思っていた。何も知らない私は、本当に呑気《のんき》だった。このときまでは――。

第四章　涙のムーンライト

開放された教室の窓から入り込む風は爽《さわ》やかであるのに冷たく、晴れ渡る空には白いヴェールに包まれて朧《おぼろ》げな太陽がまだ低い位置から光を当てている。十一月の朝はまるで冬かと錯覚してしまうほどに冷え込み、今朝はなかなか布団から出られなかった。私が始業時間ギリギリに登校することなど滅多にないが、今日だけは時間に余裕がなく、結果的に間に合いはしたが遅刻するか危なかった。

昨日は結局帰る方面が同じだった杉浦くんと一緒の電車に乗って、私が先に降りて別れた。家に到着してから、私はメモを取り出して佐藤くんへの返事を書いた。「俺は、藍原さんとの手紙のやり取りが一番楽しい。生きてきた中で一番。」という言葉に対して、どのくらいの温度で返答するのが正しいのかわからず、散々迷った挙句、何回も書き直してできあがったのがこれである。

実は私、好きな人がいたんだけど、彼は私の親友と付き合っているんだよね。

学校が好きじゃない理由は、それが大きいかもしれない。

だけど、佐藤くんとの文通が、今は学校に行く楽しみになっているよ。

席に座ってスクールバッグを膝《ひざ》に置き、周囲に見られないようにその中で手紙を読み返していた。この文面で後悔しないか幾度も確認する。そして私は、一時間目と二時間目の間の休み時間の今、図書室に行こうと決心した。佐藤くんがこれを見るのがいつなのかは不明だが、どうしても早く届けたかった。

　というより、自分の手元に置いておきたくなかったのだ。内容が内容だからそわそわしたまま放課後まで過ごすことになるし、佐藤くんからの返事が来るのは早くても明日以降になってしまう。また最低一日以上挟まなければならないというのが精神的に辛《つら》かったのだ。午前中に手紙を入れて、もしも今日の放課後に早速返事をくれたら、緊張で今日の夜眠れないという心配はいらなくなる。その可能性に賭《か》けたい。

　私はメモ一枚だけを手に、イスからすっくと立ち上がった。

　告白した経験はないが、告白の返事を保留にされている期間のようだった。返事が怖くて何事も手につかなくなるような気分を味わうその期間を、できるだけ短くしたかった。繰り返し言うが私は告白したことがなく、そもそもこれは告白でも何でもないのだけれども。おそらく、気分的にはさほど変わらない。

「あれ？　美月、どこ行くの？」

　そのとき、律が突然話しかけてきた。私は驚いて反射的に手紙を背中に隠す。

「お手洗い、行ってくる」

「えー私も行こうかなぁ。ちょっと美月に確かめたい噂が……」

「わ、私、急いでるから一人で行ってくるね」

「ちょ、ちょっと……！」

　律に付いてこられたら困る。

私は焦って律の言葉を遮り、教室を飛び出して廊下を歩き始めた。

かなり強引に振り切ってしまったが、律は気にしていないだろうか。一抹の不安を抱えつつ、手紙を届けるために図書室へと急いだ。

廊下ですれ違う生徒たちは皆、私にチラチラと視線を送ってきているような気がして、何となく嫌な感じがした。気のせいだろうか、しかし変な胸騒ぎがした。

杉浦くんは昨日言っていた。「そいつはきっと、お前に好意あるってこと」と。

私はそれを信じている。だからこそ、好きな人がいたことと、叶《かな》わない片想いだったことを書いたのだ。もし佐藤くんが私を人として気になっているだけなら、その情報にはさほど興味ないだろうが、最後の一文を導くための前提とするなら不自然には思われない。

手紙に書いた内容は、嘘偽りのない私の気持ちそのものだった。

図書室に入ると、さすが一時間目と二時間目の休み時間なだけあって、世界に一人だけになったと勘違いしてしまいそうなほど生徒がいない。ある意味不気味な空間だった。休み時間は十分しかないので、いつもより速やかに『こころ』を本棚から取り、何気なくページをめくった。適当なところにさっさと手紙を挟もうとしたとき。

――カサッ。

「え……？」

あるページで、私の手は止まった。

徐々に本を持つ両手が震え出し、頭が真っ白になる。

そこには、一枚の便箋《びんせん》が挟まっていた。


――――――

もう、藍原さんと文通できない。

――――――


「坂本龍馬《さかもとりようま》は暗殺されたことで有名だと思うが、実は龍馬は暗殺を予期していたのではないかと言われている。その証拠に、姉である乙女《おとめ》に送った手紙には……」

通常なら熱心に話を聞いている日本史の授業も、今は何も耳に入ってこない。

黒板の前にいる先生の声は、数百メートル離れているかのような遠いところから聞こえてくる。

……落ち着け、私。

何か、事情があるはずだ。そうでなければ、佐藤くんは理由も話さずにこんなことを書かないだろう。

突然文通ができなくなったのは――……。

佐藤くんからの便箋を机の中で何度も何度も見て、様々な可能性を考えてみたり勝手に想像してみたりするが、佐藤くんの思いはひとかけらも読めない。

筆圧の弱い字か目に飛び込む度に、私の胸は摑まれたように痛くて痛くて仕方がなかった。悲しいというより、「何で？　どうして？」というやるせない疑問が駆け巡る。

この痛みが何を表しているのか。それは紛れもない形と名前を伴って、すぐそこに差し迫っているようだった。

……私は佐藤くんのことが好きなのだろうか。

そんな考えが浮かんで、必死に振り切った。

いや、ありえない。顔も声も知らないのに、そんなことがあってはならない。

私は佐藤くんのことを何も知らない。「佐藤」という名字以外、本当に何も知らない。だから疑問をぶつける方法もないのだ。文通ができないと言われてしまえばそれまでで、たとえ返事を書いて本に挟んだとしても、次返ってこなかったら意味がない。

文通というのはやはり、相手がいて成立するものなのだ。

やはり、ただ少しの間文通をしていただけの相手に恋に落ちるなどおかしい。誰にも打ち明けられないことを打ち明けて心を通わせて、特別視しているだけ。きっと、そう。

キーンコーンカーンコーン。

ハッとして顔を上げると、時計の針は午前の授業終了の時刻を指していた。

いつの間に終わっていたのか。考え事をしていたら、普段長く感じる五十分の授業もあっという間だ。

私はため息を吐いて、机の横に掛かっているお弁当箱の包みにゆっくり手を伸ばした。

「美月」

「……？」

そのとき頭上から低い声が降りかかり、見上げたそこには——海斗がいた。

「え、どうしたの……？」

昼休みに私の席まで来るなんて今までなかったことで、取り乱しながら尋ねる。

何か急用でもあるのだろうか。何も用事がないのに私の席に来るわけがないし、ただ話すだけなら放課後でも良いのだから、海斗の行動に私はひどく動揺した。

無表情の海斗の口から出たのは、意外な一言だった。

「単刀直入に聞くけど、昨日、杉浦冬馬と帰ってた？」

……杉浦くん……？　私は思わず目を見開く。

「ああ、うん、帰ってたよ」

それをなぜ海斗に確認されるのか戸惑いながらも、私は平然と頷《うなず》いた。私の反応を見た海斗は、一瞬面食らった様子になり、すぐに険しい表情へと変わる。

「美月、杉浦と仲良かったっけ？」

「いや、仲良いっていうか……」

友達とも赤の他人とも違う杉浦くんとの関係は絶妙に説明がしづらく、途中で言葉に詰まってしまった。

するとと、海斗の背後からお弁当箱が入っているバッグを持った律が私の席に向かってきているのが見えた。特に大事な話でもないのに、わざわざ律がいる前で海斗は一体何をしたいのだろう。

「付き合ってんの？」

「は？」

素《す》っ頓狂《とんきょう》な声が漏れ、怪訝《けげん》に思った私は眉《まゆ》を顰《ひそ》めて聞き返す。

「付き合ってないよ。何でそうなるの？」

「手繋《つな》いでるの見たって噂立ってんだよ。それに俺も昨日、部活のとき美月たちが二人で帰ってんの見たし」

杉浦くんめ、ふざけてあんなことをするから……。

杉浦くんのせいで、変なデマが回ってしまったではないか。私は呆《あき》れ果てる気持ちを感じた一方で、妙に納得もしていた。

午前中律が私に確かめたい噂と言いかけていたのも、廊下で視線を集めているような感覚がしたのも、私が不良である杉浦くんと下校していたからなのだ。しかも、手を繋いでいたというオプション付きだ。心底不快なのに変わりはないが、瞬く間に噂が広まって私が注目を浴びてしまうのも無理はない。

それより問題は、どうしてこんなに半ば問い詰められるような形で、海斗に昨日のことを聞かれているのかということだった。

「付き合ってないってば。はい、もうこの話はおしまい」

海斗の後ろにいる律が、私たちの会話の行方を不安げに見ているのが伝わり、私は話を強制終了させようとする。

しかし今の海斗には逆効果だったらしく、声のボリュームを上げて不服そうに言葉を続けた。

「付き合ってないのに、手繋ぐのはおかしくない?」

「向こうがふざけてやっただけだから。深い意味は何もないよ」

冷静に弁明しながらも、内心では焦燥感を抱いていた。

ずっと海斗の後ろで、私たちのやり取りに介入できない律が唇を軽く結んで佇《たたず》んでいた。海斗は見えないのかもしれないが、私の視野には常に律が入っていて、早くこの無駄な話をやめたいという思いが強くなる。

「大体、何で不良とか言われてる奴とつるんでんだよ。美月らしくない」

私らしい、って何?

海斗の言葉に、微笑を保っていた私もさすがに少し苛立《いらだ》ちを覚える。

海斗は結局、何を言いたいのだろうか。

「最近、美月様子変だろ。俺のことだって絶対避けてるじゃん」

なぜか話題は飛躍して、徐々に強くなる海斗の声にクラスメイトが静かになったのを肌で感じた。狭い教室で付き合ってもいない男女二人が口論をしていたら、耳を傾けてしまうのも当然だ。本当に勘弁してほしい。

「別に避けてないよ。それより、早くお弁当食べなきゃ……」

「とにかく杉浦はやめとけって。ふざけて手繋いでくるのとか、最低すぎるだろ。許せない」

この場をどうにか収めようと温厚に言っても、海斗はヒートアップしていく一方だった。

ああ、もうやめてほしい。

海斗が私のことを想って忠告してくれているのは十分伝わるから、これ以上律がいる前で話を続けたくなかった。

周りで私たちの話を聞いているクラスメイトたちから、「何何、修羅場？」「一ノ瀬くんと藍原さんって、どういう関係？」という声が聞こえてきて、余計に私を焦らせる。

「杉浦くんは噂みたいな怖い人じゃないから、心配しなくても大丈夫だよ」

「んなこと言われたって、杉浦が不良なのは変わらないし、美月と関わってほしくない」

「私が誰と仲良くしようが、海斗には関係ないよね？」

海斗との埒《らち》が明かない応酬が繰り返され、痺《しび》れを切らせた私も海斗の声に煽《あお》られるように言葉尻《ことばじり》が強くなってしまう。

「関係あるに決まってるだろ。幼なじみなんだから、美月のことが大切なんだよ」

「何……それ」

嬉《うれ》しいはずなのに、なぜかその言葉は今言ってほしくないと思った。もう諦《あきら》められたとは言え、ずっと片想いをしていた海斗に、幼なじみだとしても大切と言われ交友関係を心配されて、これまでの私だったら一番幸せだと感じていたに違いない。

しかし今は、全くもって海斗の態度や言葉が嬉しくなかった。正直、放っておいてほしいと強く感じてしまう。

「……そういうの嬉しくないから、やめてよ」

顔を背けて言った私に、海斗はさらに昂《たかぶ》って詰め寄ってくる。

「俺たち、何年一緒に過ごしてきたと思ってんだよ。美月が傷つくことになんのは嫌なんだよ」

もう駄目だ。私は海斗に鋭い視線を向けながら口を開く。

「ちょっとは律の気持ち考え……」

そこまで言いかけたときだった。

ガシャン。

律の手からお弁当箱の入ったバッグが滑り落ち、床に直撃した。プラスチックが割れて壊れる音がして、私はもちろんのこと、クラスメイトたちの視線を一身に集めた。

周りが見えていなかった海斗も、このときばかりは我に返ったのか後ろを向いた。

「……っ、うう、っく……」

そこには、静かに泣く律がいた。

天真爛漫《らんまん》でいつも明るい笑顔でいるはずの律が、悲しそうに顔を歪《ゆが》めて透明の涙を流している。

私は初めて見た。律が泣くところを。

どうしよう。どうすればいいのだろう。

「……っ」

律は制服の袖《そで》でグッと涙を雑に拭《ぬぐ》うと、そのまま振り返って勢い良く教室を飛び出した。

「あ、律……」

咄嗟《とっさ》に追いかけようと一歩踏み出したとき、黒い影が私の横を素早く過《よぎ》った。

「律……！　待てよ」

海斗だった。

今の今まで、私のことで頭がいっぱいだったはずの海斗が、血相を変えて後を追いかけた。

え……？

思わず私は足を止めてしまい、教室から去った律を追いかける海斗の背中を眺めることしかできなかった。その場に取り残されたのは、律が落としたお弁当と私だけだった。

張りつめていた糸がプツンと切れたように静かだった教室がざわめき出して、一部始終を見ていたクラスメイトは好き勝手に思ったことを口にする。

「やば〜。三角関係？　ていうか、一ノ瀬くんって二股《ふたまた》かけてたの？」

「りっちゃん可哀そうすぎる。美月ちゃんって、親友だよね？　実は仲悪いのかな」

「あー女子って怖えぇ。でも、七瀬さんの泣いてるとこ初めて見たけど、やっぱ可愛いな」

「俺、一ノ瀬と別れたら七瀬さん狙おうかなー」

「バーカ。お前レベルじゃ無理だろ」

この場所は、一体何なのだろう。

教室には何十人も人がいるのに、私はたった一人になってしまったような気がした。クラスメイトたちのひそひそとした囁《ささや》きは、全て自分への悪口に聞こえてしまう。

皆が私を批判している。やめて、こっちを見ないで。

目を閉じて両手で強く耳を塞《ふさ》いでも、幻聴なのか現実なのかの境もわからないままクラスメイトの声がこだまし続けて、ズキンと頭が痛くなる。これ以上教室にいられないと強く感じた私は、鉛のように重い足を動かして教室を出た。

いつも律と机を合わせてお弁当を食べているのだ。このまま教室にいたって、周囲の視線に耐えながら一人でお弁当を食べるのはあまりにも辛い。

行こうという意志が働かなくても、私の足は無意識に図書室へと向かっていた。図書室なら私の心を落ち着けてくれると確信していたのだ。

その途中、ある空き教室の前を通った私は、男女二人の話し声を耳にした。

「……だから、本当にごめん」

「美月は良い子だし、海斗が心配になっちゃうのもわかるよ？　でも海斗、嫉妬《しっと》してるみたいな感じがしちゃって……っ」

海斗と律だ。

あの後律を追いかけた海斗は、この空き教室に連れてきて話し合いをしようとしたのだろう。電気も点《つ》けないまま黒板の前で向かい合う二人は、暗い中でも本当に絵になる。

たまたま少し開いていた扉の前から私は動けなくなった。

今の二人の話には私の存在が大いに関わっているので、どうしても気になってしまう。

私は扉の陰に身を隠し、顔だけ出して空き教室を覗《のぞ》き込んだ。

「本当は美月のこと好きなんじゃないかなって思うときがあったし……。それならちゃんと言ってほしいよぉ」

律は涙ぐみながら海斗に言った。

私も正直、さっきの海斗の態度には驚かざるを得なかった。ただの幼なじみとしては独占欲を露《あら》わにし過ぎていたし、必死さが凄《すさ》まじく、今まで見たことのない一面を見たと感じた。

しかし私は海斗の気持ちが手に取るようにわかった。きっとそれは私と同じだから。

決して恋愛感情ではなく、幼なじみへの執着。幼い頃から知っているからこそ、知らない面が増えたことに対する焦りや不安があって、変わっていくことを受け入れられないでいる。私と海斗はお互いにそうなのだ。

「あいつはただの幼なじみだから」

海斗はきっぱりと告げる。

「でも、そんな風に見えな……」

「美月は、昔から大人しくて真面目で、男子と絡むことも少なかったんだ。だから、不良って言われてるような奴と手繋《つな》いでたって聞いてすげえびっくりして、問い詰めちゃったんだよ。冷静になったら、美月にも悪いことしたなーって思う。あいつも、小さい頃のままじゃないもんな」

海斗は律のことしか映していない瞳《ひとみ》で、さらに言葉を続けた。

「俺が好きなのは律だけだから。俺の気持ちは、これからもずっと変わらないよ」

「うん、私もだよ……」

海斗が律に一歩近づき、腕を広げてすすり泣く律を引き寄せた。海斗の胸に飛び込んだ律は、想いの強さを示すかのようにギュッと背中に腕を回す。

私は何を見せられているのだろう。私の目には意図しない涙が浮かんで、静かに頬から顎《あご》へと雫《しずく》が伝って落下した。

海斗は結局私をただの幼なじみにしか思っていなくて、律は泣いて教室を飛び出してもすぐに海斗に追いかけられて、二人は元通りかあるいはこれまで以上に絆《きずな》を深めた。

何これ。私の立場は？　取り残された私はどうなるの？

抱きしめ合う二人の姿を見て、激しい胸痛が襲ってくる。呼吸が苦しくなっても、私に手を差し伸べてくれる人は誰もいない。

「……美月に謝らなきゃね」

「ああ、そうだな」

名残惜しそうにゆっくりと身体を離した二人は、近距離で見つめ合いながらそう言った。

惨めだな、私。涙で二人の姿がぼやけていって、私の心は既に限界を迎えていた。涙を袖口《そでぐち》で軽く拭って、その場を立ち去る。

聞かなきゃ良かった。見なきゃ良かった。そんな後悔の念が押し寄せて、また涙が溢《あふ》れてきては、もう拭う気力も湧いてこなくてそのまま流し続けて廊下を歩く。

自分でもわからない、これが何の涙なのか。

私はまだ海斗のことが諦《あきら》められていないのだろうか。だから海斗が思わせぶりな態度を取りながらも、最終的には手の平を返すように律を選んだことがショックだった？

……それは絶対にありえない。

なぜなら私は杉浦くんのことで海斗に責められていたとき、後ろで悲しそうに俯《うつむ》く律を見て、良い気味なんて一度たりとも思わなかったからだ。いくら海斗を好きだったとは言え、律を傷つけ、出し抜いてまで海斗に振り向いてほしいなんて、これまで願ったことは全くなかった。そう思うくらいの強い想いと狡猾《こうかつ》な心を持ち合わせていたなら、私は最初から何かしら行動を起こしていたはずなのだから。結局私は海斗に片想いをして律に嫉妬しながらも、律を失うのが怖くて何もできなかったのだ。

わからない。自分のことなのに、自分のことが一番わからない。

佐藤くん、私はどうしたらいいの？　教えてよ。

「……って、佐藤くんにはもう頼れないんだっけ……」

一人で呟《つぶや》いた声は静かな廊下に一瞬で消えていって、私の胸には空虚感だけが残った。

佐藤くんと関われないと気づく度に、彼への気持ちを思い知らされる。私はどれだけ佐藤くんに救われ元気づけられてきたのだろう。

私は図書室に向かうのをやめて、午後の授業が始まるギリギリの時間に仕方なく教室に戻ったのだった。


「二番線ドアが閉まります。ご注意ください」

電車のアナウンスとともにプシューと音を立てて閉まろうとする扉の合間から、息を切らした学生やサラリーマンが急いで飛び乗ってくる。車窓から見える深い藍色《あいいろ》と淡い茜色《あかねいろ》の空には西日に雲が重なっていて、黄昏時《たそがれどき》の薄明を際立たせていた。

電車の乗客は、楽しそうに友達と話す人、疲労が爆発したように眠る人、憂鬱《ゆううつ》そうにスマホを触る人など様々で、それぞれが過ごした今日一日が見えるようだった。

もちろん私の今日一日は、ここ最近でもとりわけ精神的に辛《つら》かった。私は何をする気も起きず、座ったまま流れる景色を眺めていた。

あの後、海斗には過保護な心配をしてしまったこと、律には急に泣き出してしまったことをそれぞれ謝られたが、私の心は晴れることはなかった。所詮《しょせん》謝罪なんて言葉で済んでしまうものだ。律も海斗もクラスメイトも皆が私のことを置いて行ってしまう。私のことを見てくれる人なんて一人もいない気がして、誰を信じて誰に心を開けばいいのか全くわからなくなっていた。

「……あの」

すると突然上方から声が降ってきて、私ではないと思いながら顔を上げると、つり革を摑《つか》んで立っている男子が私のことを見ていた。

茶色がかった髪は癖があって、長い睫毛《まつげ》がただでさえぱっちりとした目をさらに強調させていた。口角の上がった唇や色白の肌は、小さくて可愛らしい中性的な印象を与える。

誰だろう。顔には見覚えがないし、そもそも制服がブレザーでうちの高校のものではなく、おそらく隣町にある私立の男子校の制服だ。

「藍原美月さん、ですよね？」

「……っ、え……」

私は絶句した。

名前を知られていることに驚愕《きょうがく》した。私はたった今彼のことを初めて見たのに、なぜ彼は私のことを知っているのだろうか。

電車で急に知らない人に話しかけられるなどということは、電車通学をしてきた中で初めての経験で、心臓が止まりそうなほどの衝撃が襲いかかる。

私は頭の中も身体もフリーズしてしまい、うんともすんとも言えないまま瞬《まばた》きを繰り返した。

「大丈夫？　何だか元気ないように見えて」

狼狽《ろうばい》する私に追い討ちをかけるかのように彼は馴《な》れ馴《な》れしく言葉を付け加えたので、驚きが恐怖心に成り代わる。

「……誰……ですか。どうして私の名前……」

乾いた喉《のど》からかろうじて絞り出した声は掠《かす》れていて、そこそこ混雑する電車内ではかき消されてしまいそうな音量だった。しかし彼は聞き取ったらしく、人懐こい笑顔を浮かべて言った。

「俺、佐藤大和《さとうやまと》っていいます。実はいつも電車で藍原さんと一緒になってるんだけど、やっぱり気づかないよねー」

佐藤……!?　私はその名字に鋭い反応をした。

こんな偶然あるだろうか。電車が一緒になる私のことを認識していて、元気がないという理由で話しかけようとする人が、佐藤さんだなんて。

感じていた恐怖は理由を知ったことで薄れ、さらに「佐藤」という名前を聞いた途端に切ない予感が深く胸を穿《うが》った。

ああ、信じられないことが起きた。

「まもなく華坂《はなさか》ー。華坂《はなさか》ー」

突然の出逢《であ》いに激しい動悸《どうき》がして、佐藤さんを黙って見つめることしかできなかった私は、電車内のアナウンスと扉の開く音で我に返る。

「急に話しかけてごめんね。じゃあ、ここで」

「あっ、どうして私の名前を……」

私が咄嗟《とっさ》にした質問は下車していく人々の雑踏に紛れ、あっという間に佐藤さんは見えなくなってしまった。

ドアが閉まりゆっくりと走り出す電車は、徐々に駅から遠ざかっていく。

「……はぁ……」

夢か現実かわからない。

私は胸に手を当てて落ち着こうと努めたが、心臓の音はまだ耳の奥まで響いている。

佐藤大和さん……か。フルネームを心中で唱えてみる。

ありえないと思いつつ、佐藤くんとの文通を続けた私は、佐藤くんがうちの学校の生徒ではないという可能性を捨てきれなかった。普通だったら他校の生徒が図書室に入れることはまずないが、どうにか切り抜ける方法があったり協力者がいたりして入室できたとしたら――。

いやいや、変に想像力を働かせないでおこう。今までだって「佐藤」という名字に過剰反応してきて、とことん外してきたのだ。自分に関わる「佐藤」という名字の男子だからと言って、安直に佐藤くんだと判断するのは良くないと学んだ。

ただ、佐藤さんが佐藤くんではないにしても、電車で一緒になるだけの私の存在を気にしていたのは事実だ。律のような美貌《びぼう》を持っているわけではない私が、他校の男子に覚えてもらえていたことには驚かざるを得なかった。

佐藤さんはどこで私の名前を知ったのだろうか――……。

＊

それから数週間が経った。特に変わったことは起きていないものの、だからといって完全に平穏とは言い難い日々が続いていた。

私は律に以前と同じような態度で接することができなくなってしまったのだ。海斗と付き合っていることへの嫉妬《しっと》心ではなく、律は悲しむことがあってもすぐに手を差し伸べてくれる人がいるという事実が私を追い詰めた。それも、手を差し伸べる人は別に親友の私ではなくても良くて、海斗でもさくらちゃんでも舞衣ちゃんでも、男女問わずたくさんいることがさらに苦しかった。

律に話しかけられても笑顔で答えられずに素っ気ない態度を取ってしまい、気まずいまま一緒にお昼を食べたり移動教室をしたりしていた。だからといって喧嘩《けんか》をしたわけではないので、完全に律を避けて別行動することもできなくて、私たちは奇妙な毎日を送っていた。

いや、私たちというより、私、と言った方が正しいのかもしれない。律はどんなに私に素っ気なくされても、これまでと変わらずずっとにこやかに話しかけ続けていた。律を拒絶して、気まずい空気を作ってしまっているのは、結局のところ私だけだ。

「美月～。今日部活休みなんだけど、一緒にショッピング行かなーい？」

「ごめん。今から用事があるんだ」

「そっかぁ。それなら仕方ないね～。週末だったら、いつ空いてる？」

放課後、毎日のように私の席へやってくる律は、スマホでスケジュールアプリを起動させながら明るく尋ねてきた。ただでさえ学校生活で気まずいのに、休みの日までこの状態で過ごすのは耐えられないと私は自然に嘘をついた。

羨《うらや》ましくなるくらい律は本当に度胸がある。さすがに避けられていることに気づいていないわけではないだろうが、私に距離を置かれても動じないで果敢に誘うあたりが肝が据わっていると思う。

「うーん、しばらくは無理かも」

「えぇ、そんなに忙しいんだぁ。部活やってないのに、一体何の用事があるの？」

悪気ない律の言葉が癪《しゃく》に障る。

帰宅部で暇人のくせに、というニュアンスに聞き取れてしまい、私は咄嗟に棘《とげ》のある口調で返した。

「何でも良くない？　律にわざわざ用事を言わなきゃならないの？」

「そ、そんな強く言わなくてもいいのに〜。私は、美月にあげたストラップが壊れちゃってずっと付けてないのが気になって、新しく買いに行きたいなって思っただけで……」

律は苦笑いを浮かべて言いよどんだ。

「また好みを押し付けるつもり？　誕生日にくれたあのストラップも、結局自分が欲しかったものの色違いを買っただけでしょ」

「何でそんなこと言うの？　私は、美月に似合うものと思って選んだんだよ〜。プレゼントあげたときだって喜んでくれたよね？」

「あのときはそういう反応するしかないでしょ」

自分でもひどいと思いながら止まらない雑言に、律は悲しそうに俯《うつむ》いて、上目遣いになりながら言った。

「最近、美月ちょっと冷たいよ？　何かあったの？」

私の冷たさの原因が自分ではないと思っている、その能天気さにさらに腹が立ってくる。今の私は何を言われても卑屈に捉《とら》えることしかできなかった。

「……律は良いよね。いつも楽しいことばっかりで苦労しないで、笑ってるだけで皆に味方されて。隣にいる私の気持ちなんて考えたことないでしょ？」

「美月……」

律は言葉を失って、瞬きせずに私の目を見つめた。

「どうせ私は律の引き立て役でしかないよ。まあ、もうそういうのも慣れたけど。律は私のこと全然わかろうとしてないし、一人でへらへらしてても好かれるんだから楽だよね」

「引き立て役なんて思ったことないよ！　美月だって、ずっと私にコソコソ何か隠してるじゃん！」

今にも泣きだしそうな律が叫んだのは、おそらく佐藤くんとの文通のことだった。私は律に文通のことで口を出されたくなくて、一人で逃げるように図書室へ行ったり手紙を隠したりしていた。なぜか私と佐藤くんだけの秘密にしていたかったのだ。

「何も隠してないよ。律には言えないだけ」

「それって、私のこと全然信用してくれてないってこと……？　私は美月のことずっと一番の親友だと思ってるのに」

「そういうの良いよ、もう」

私が低い声で顔を逸《そ》らしたとき、ちょうど横から「ねえ」という声がする。

「美月ちゃん、言い過ぎなんじゃないの？」

視線を向けると、帰ろうとしていたさくらちゃんが私に目を剝《む》いていた。隣には舞衣ちゃんもいて、同じように鋭い目つきをしている。

「今の聞いてたけど、いくら何でもりっちゃんが可哀そうじゃない？　もっと人の気持ち考えた方がいいよ」

「美月ちゃんってりっちゃんに当たり強いときあるよね。一ノ瀬くんとか、男子の前では全然そんなことないのに。ほら、杉浦くんとも仲良くしてるみたいだし」

二人はとうとう私に対する表面上の気遣いをやめ、本音をぶつけてきた。

ゴクリと唾《つば》を飲んで何も言い返せないでいると、さっきの悲しげな顔はどこへやら、律は困ったように笑いながら言った。

「美月はめちゃめちゃ優しいよ～。私が馬鹿だから、たまに突っ込まれちゃうときもあるけどねっ」

この子は、ここまで来ても私を庇《かば》おうとするのだろうか。

……ああ、違う。律を傷つける言葉をたくさん言ったのに、それでも私に味方してくれるわけがない。律の言葉は全部、私に対する同情心や憐憫《れんびん》から生まれるもので、健気《けなげ》にしていればさくらちゃんや舞衣ちゃんたちから余計に守ってもらえることも、意識的になのか本能的になのかは定かではないが知り得ているのだ。

「……そうやって良い子ぶるところも、ずっと前から嫌いだったよ」

抑え込んでいた気持ちの蓋《ふた》が外れると、溢《あふ》れ出すのは私の卑劣で醜悪で偏屈な部分だった。こんな風にひどい言葉を浴びせたくはないのに、意志に反して律の心をズタボロにするような言葉が次々飛び出てくる。

「何それ。最っ低！　りっちゃん、こんな子と仲良くするのはもうやめた方がいいよ」

「美月ちゃんがここまで性格悪いとは思わなかった。外見も内面もりっちゃんにふさわしくないね」

さくらちゃんと舞衣ちゃんは鬼のような形相で私を非難する。それも当然のことだと思うが、今の私には何一つ響かず、ただただ黙ったまま律のことを見ていた。

「りっちゃん、帰ろう」

「……え、あっ」

律は舞衣ちゃんにグイッと腕を引かれて、引きずられるように教室から二人と共に去っていく。去り際に私の方を振り返って、眉《まゆ》を垂れ下げながら何か言いたげな表情を残していった。

教室の扉の向こうに三人の背中が消えていくと、日常と変わらない廊下がこちらを覗《のぞ》いていて、私はしばらくそこから動かないで遠い目を向けていた。

私は、唯一の友達を失ってしまったのかな。それとも、ずっと律のことが嫌いだったのかな。ぐちゃぐちゃと複雑に絡み合った感情が、私の胸を締め付ける。

「……佐藤くん、私、もう限界だよ……。どうしたらいいのかわからないよ……」

消え入りそうな声でそう呟《つぶや》いて、ようやく踏み出した私の足は、気づいたら図書室へと向かっていた。もう佐藤くんは図書室にいないことを知りながら、それでも良いと思った。

久しぶりに図書室へ行くと、前と何も変わらない風景が広がっていてなぜかほっとする。放課後、図書室にいるのは大体同じメンバーだから一方的に認識していて、彼らは私のように定位置に座っている。

もう『こころ』の中身を見ても手紙が入っていることはないと思いつつ、僅《わず》かな希望から本を取り出す。しかし、やはり手紙は挟まっていなくて、何の変哲もないただの文庫本だった。

「……っ」

苦しくて苦しくて仕方ない。痛む心臓を必死に意識の外に追いやって、私は窓際の席に座り、メモとペンを用意した。

返事が来ないことは十分にわかっている。それでも構わないと思った。辛《つら》い胸中をどこかに吐き出さないと心が押し潰《つぶ》されて死んでしまいそうで、たとえ文通ができなくても、佐藤くんはいつかどこかでまた私の手紙を読んでくれるような気がした。

私、親友にひどいことを言っちゃって、もう
元に戻れないかもしれない。
こんな自分が嫌いで、いなくなっちゃえって
思った。
どうしたらいいのかわからないよ。
佐藤くん、助けて。

以前なら考えながら丁寧に書いた言葉も、今は無我夢中で書き綴《つづ》った。どうせ見てくれないのだ、自己満足で書き殴っても咎《とが》められることはない。

心を保って必死に堪《こら》えていた一筋の涙がメモに小さなシミを作った。ああ、最近の私は泣いてばかりだと自分で呆《あき》れながら、雨のように次から次へと零《こぼ》れ落ちる雫《しずく》を拭《ぬぐ》った。

佐藤くん、助けて。私の悲痛な叫びは文字となって消えるだけで、佐藤くんはもう助けてくれない。私のことを救ってくれる人は、周りにはもう誰もいない。

「……うっ、く……」

孤独感に耐えかねて涙が止まらなくなってしまった私は、嗚咽《おえつ》を抑えて泣き続けた。ボロボロの顔のまま私は手紙を手にして『こころ』を入れる本棚まで向かう。その途中本棚の奥から伸びている脚を見つけ、驚いて近づくと、なんとそこにはカーペットの床にへたり込んでうたた寝をする杉浦くんがいた。

この人は本当にここでサボっているのだ。信じられない気持ちでその場から離れようとしたとき、杉浦くんは「んん……」と唸《うな》り声を上げながら瞼《まぶた》を開く。

「……あれ。藍原……」

まだ微睡《まどろ》みの中で呂律《ろれつ》が回っていない杉浦くんは、蕩《とろ》けた瞳《ひとみ》を向けて私の名前を呼んだ。

普段涼しげな表情をする彼からは想像もつかないような甘い顔をしていたが、今の私にはこれっぽっちのときめきも感じられなかった。

「もう放課後なんかよ……」

「そうだよ。早く帰りなよ」

杉浦くんに構う気力すらも残っていなかった私は、端的に返答をして踵《きびす》を返す。

「おい。待てよ」

するとと、完全に目を覚ました杉浦くんが不意に私の手首を掴《つか》んだ。その感触に肩をびくつかせながら振り向くと、杉浦くんはまっすぐな眼差《まなざ》しを向けて優しく頬を緩めた。

「藍原ー。何泣いてんだよ」

「……泣いてないよ。ていうか離して」

私がこんな風に追い詰められてしまっている元を辿《たど》れば、杉浦くんが原因と言っても過言ではないのだ。それなのにこの人と言ったら、またすぐにスキンシップを取ってくる。

「まー何があったのかは無理に聞かねえけどさ。とりあえずひでえ顔してっから、これもらっとけよ」

そう言って、杉浦くんは隣にあった自分の鞄《かばん》からハンカチを取り出した。どれほどひどい顔をしているのかと頭の片隅で感じつつ、受け取ったハンカチを見たら思わず涙が引っ込んでしまった。

「……え、これ……」

「あー、俺の趣味じゃねえって？　それ、だいぶ前に俺が図書室で寝てて、よだれでも垂れてたんか、起きたら横に置いてあったんだよな。誰が置いてったのかはわかんねえけど、どう考えても女物だし、お前にやるよ」

平然と言ってのける言葉も私の耳にはまるで届かず、私はひたすら白いレースの付いたハンカチを強く握り締めた。

このハンカチは私のものだ。一番気に入って使っていたが、あるときなくしてしまった。

だから、もちろん私はこれを杉浦くんにあげた記憶はない。

一体誰がどこで手に入れて、なぜ杉浦くんに渡したのか――……。

「……おい、どうしたんだよ？」

「あ、いや、何でもない。……！」

我に返ってパッと顔を上げた窓の先には、ちょうど校門があった。途端に「え……」と微《かす》かに声が出て、校門に視線が釘付《くぎづ》けになった。

校門には、佐藤大和さんが一人で立っていた。シンプルな黒のブレザーを着た生徒が過ぎゆく中で、鮮やかな紺青のネクタイとグレーのチェック柄のズボンはよく目立っていて、下校する生徒たちの関心を集めている。キョロキョロと周囲を見回している佐藤さんは、誰かを待っているように見えた。

私の目線を追った杉浦くんは訝《いぶか》しげに首を捻《ひね》った。

「え、まさかお前、あそこに立ってる奴と知り合いなんかよ」

「……知り合いっていうか、……この前電車で話しかけられただけ」

「うわ、マジかよ。そんなこと実際にあるんか」

杉浦くんはいかにも意外といった顔で驚いたので、小ばかにされたようで私は少しカチンときた。

「別に大して可愛くなくても、話しかけられることくらいありますけど」

「そうじゃねえって。気をつけろよ、ってことだよ。素性の知れない奴なんて危ねえだろ？　学校にまで来てるとかさ」

「はいはいわかりました。じゃあ私行くね。……ハンカチ、どうもありがとう」

投げやりな口調で雑に話を切り上げると、杉浦くんは呆れたように肩を竦《すく》めた。私は変に世話を焼いてくる杉浦くんにとっとと背を向けて、無感情で『こころ』に手紙を挟み終え、図書室を後にした。

きっともう佐藤くんは返事をくれないから、いつかまた図書室に行って『こころ』を開いたときに、今書いた手紙が虚《むな》しく残っているのを再び目にするのだろう。

どんな言葉でも良いから、佐藤くんからの言葉がほしかった。極論、ただ苦痛を吐露するだけなら、誰に向けてもどんな形でも構わない。しかしそれでは意味がなかった。佐藤くんの代わりはいない、彼でないと駄目だと強く感じて、文通できない事実だけが余計に胸を締め付けた。

そして、どうしても佐藤さんが校門に立っていたのが気になった私は、早足で追いかけて昇降口でローファーに履き替えて外に出た。並木道をなぞって校門をくぐり、私は一人立ち止まる。

「……あれ……」

そこに佐藤さんの姿はもうなかった。ただただ木々から枯れ葉が舞い、眼前の横断歩道に舞い落ちて、無惨に車のタイヤに轢《ひ》かれるだけだった。

どこへ消えたのだろう。すぐにいなくなってしまうその儚《はかな》さは、届かない佐藤くんのようで切なくもあり、胸をざわつかせる焦燥感も覚えた。

＊

それから一週間、教室に私の居場所はなくなった。さくらちゃんや舞衣ちゃんを始めとしたクラスの女子に守られるように律は一日を過ごし、私はいつも自分の席でひたすらに放課後を迎えるのを待っている。律はちょくちょく私の様子を心配げに見ているように感じたが、散々ひどいことを言った私が律に話しかける資格はないという思いから律をシャットアウトしていたため、律もそれ以上私に関わろうとしなかった。

やはり常に律と二人でいただけあって、最初こそ独りで過ごすのは落ち着かなくて周りの目が気になったものの、一週間も経てばもうその生活にも慣れていた。おそらくクラスメイトは空気感から喧嘩《けんか》したことを察していて、変に詮索《せんさく》してこない。もし何があったのか気になった人がいたとしても、百パーセント律に訊《き》くだろう。

私は高校卒業までこのまま孤独に過ごすのかもしれない。もうどうでも良いと自棄《やけ》になっていたからか、あと一年と少しの間、この狭くて閉塞《へいそく》的な空間を耐え抜くだけの辛抱だと何度も言い聞かせて現実逃避をしていた。

「ふぅ……」

金曜日の夜。

憂鬱《ゆううつ》な平日が終わり、やっと休日を迎えられていつもより気分が良かった。勉強で机に向かっていた私は、集中力が切れてふと窓の外を見やる。まだカーテンをしていない二階の部屋からは夜道と星空が覗《のぞ》いていて、思わずそれをまじまじと見つめた。

「……綺麗《きれい》、だな」

私の心はまるで太陽の射し込まない夜のようだと思っていたが、夜空を見上げた今、そんなことはないと感じた。たとえ真っ暗な夜でも、黄金の満月と散りばめられた星屑《ほしくず》がそれぞれ光り輝いていて、黒く翳《かげ》る私の心とは大違いだ。夜の明かりでさえも私にとっては眩《まぶ》しくて、本当に羨《うらや》ましくなる。

「あれ……」

悲しくないはずなのに涙がつうっと零れてきて、私はふと指を頰に触れさせた。濡《ぬ》れた指先は私が見ないふりをしていた弱い部分を映し出しているようで、ヒリヒリするような胸の痛みが沸き起こる。

気づかないようにしているだけで、私は本当はとても辛いのだろうか。できることなら時を戻して、律を傷つけないようにしたかったと心底後悔しているのだろうか――。佐藤くんからの手紙がほしい。どんなに短くても良いから、佐藤くんと言葉を交わしたい。

目を閉じて静かに涙を流し続けながら想いを馳《は》せると、脳裏に律の笑顔が焼き付いて離れなかった。

プルルルル。プルルルル。

そのとき、突然スマホが震え出し、着信音を鳴らした。

通話なんて珍しいと思いながらディスプレイを見ると、――「公衆電話」の文字があった。

公衆電話？　私は目を見張りつつ、公衆電話からわざわざ通話がかかってくるということは何か深い事情があるのだと踏み、恐る恐る応答ボタンをタップした。

「……はい」

「……」

「……あの」

相手は沈黙していて、不信感が募った私は、このまま切ってしまおうかとスマホを耳から離すと。

「……藍原さん、か？」

「え？」

すうっと耳に沁み込む優しい声で、私の名前が呼ばれた。

「俺は、……佐藤です。君と図書室でずっと文通をしていた、佐藤です」

少し遠慮がちに言われ、私の呼吸はピタリと止まった。

だって、そんな、佐藤くん、だなんて……。

「びっくりした……ごめんな。君が苦しんでるって知ったら、どうしても放っておけなくなったんだ」

「……っえ……」

電話越しの声が佐藤くんだと思うと、未《いま》だ夢か現実かわからなくて信じられない気持ちが広がる。胸がいっぱいになって、言葉に詰まってしまう。

「大丈夫だ。自分を責めすぎる必要はない。藍原さんの気持ち次第で、これからどうにでもなるさ」

小さい子を安心させるような口調で言われ、聞きたいことが山ほどあるはずなのに、かろうじて私の口から出たのは「でも……」という弱気な一言だった。

「ありのままの気持ちをぶつけることに自信がなかったら、それこそ手紙でもいいんじゃないか？　藍原さん、俺との文通ではずっとまっすぐ向き合ってくれたよな」

佐藤くんは過去を懐かしむかのように言った。

佐藤くんが私をそんな風に思ってくれていたことが幸せでもあり、一方で既に終わってしまったことだと再認識することにもなり、たまらなく切なくなった。

「周りを気にしないで、その親友の子だけを見て向き合ってみたらどうか？　きっと、その子も藍原さんのことを大事に思ってるはずだ。もちろん俺は、いつも藍原さんの味方だから」

まだ佐藤くんと通話をしているという実感がないにもかかわらず、佐藤くんがくれる言葉は私の心を優しく包み込んでくれる。嬉《うれ》しいのやら悲しいのやら、再び涙が溢《あふ》れてきて、感情をかき乱していく。

「……佐藤くん、ありがとう。……でも、何で……何で、文通もうできないの？」

こんなに親身になってくれて私のことを想ってくれているのに、やるせない気持ちが膨らんで、私は子供っぽくも駄々をこねるように訊いてしまった。

「ごめんな。……来週の月曜日、最後の手紙を届けようと思ってる。そこで、ちゃんと本当のことを話すよ」

最後の手紙。そのフレーズに心臓が鷲掴《わしづか》みにされる。

まだまだ聞きたいことも、知りたいことも、話したいことも、私にはたくさんある。最後なんて言ってほしくない。今の電話の数十秒では全然足りない。

「どうして、私の電話番号を知ってた……」

ブー、と鈍いブザー音が鳴り響いたと思ったら、あっけなく通話が切れた。

……ああ、終わってしまった。どうして私の電話番号を知っていたのか、聞きたかったが間に合わなかった。

私はスマホを握り締めたまま、しばらく動かずに余韻に浸る。

本当に佐藤くんだった。初めて話した。彼は手紙通り、太陽のようにまっすぐな人で、私の真っ暗な心に道しるべとなる光を差してくれる。

私がどん底にいるときに限って助けてくれるのだから、本当にずるい。

どうしよう。目を瞑《つぶ》り続けていた想いが、心の中で限界を迎えるように溢れ返っていた。

……私は、佐藤くんが、好き。きっと、ずっと前から好きだった。

思いやりがあって、頼りになって、私の弱い部分まで受け止めてくれる佐藤くんに、私はいつしか恋焦がれていたのだ。

どこの誰かわからないだとか、知らないことの方が多いだとか、もうそんな言い訳で片付けられない。逃げても逃げても、いつだって確かな恋心だけが残っていた。

この気持ちの行方は私自身にもわからないが、認めて受け入れてあげただけでも少しは心が軽くなった。

佐藤くんのおかげでやらなくてはならないことも見えてきたような気がして、私は前を見据えて決心を固めた。

そして私は、奇《く》しくも今の短い通話中にある重大な手掛かりを耳にしてしまったのだ。

それはあまりに信じがたくて、どうか間違いであってほしい、偶然であってほしいと切に願った。

佐藤くんの話し声の遠くで聴こえたのは、「空ヶ丘《そらがおか》総合病院、本日の面会時間は八時をもって終了しました」という機械的な女の人のアナウンスだった。

病院にいたからといって患者とは限らない。少し具合が悪かっただけなのかもしれない。まだ夢見心地でいる私を、清《さや》かな月と星座が夜空から見守っていた。

＊

思わず両手で腕を抱えてしまうような十二月の昼下がり、駅前の公園ではしっかりと防寒対策をした人がまばらに見受けられた。公園とは言え、滑り台やブランコなどの子供向けの遊具があるわけではなく、時計台と噴水、そして円形に並んだベンチが木々に囲まれているだけで、広場と言った方がしっくりくる。ほとんどの人はこの寒さに耐えかねて家で暖を取っているのだろうか、雨が降っているわけではないものの、公園はいつもより閑散としていた。

午後二時、私は時計台の前に立っている。木枯らしに吹かれながら白い息を吐いて、部活帰りの律のことを待っていた。

佐藤くんから突然電話がかかってきた金曜日の夜、私は目を瞑ってきた自分の弱さに向き合い、このまま律と離れて孤独に過ごしたくないという想いが芽生えていることを認めた。許してもらえなくても、まずは謝る機会がほしくて律に連絡したのだった。日曜日の部活終わりになら会えると言われた私は、今こうして律が来るのを待っている。

「んー、遅いな……」

スマホのロック画面に表示された時刻は十四時四分。律は遅くとも十三時半には行けると思うと言っていたのだが、指定された時刻より既に三十分以上過ぎている。自己管理能力の低い律のことだから、時間を見誤ってしまったのだろうか。

……いや、そんなことはない。律はいくら無邪気で常にへらへらと笑っているからって、連絡もなしに約束に遅れてくるような子ではない。

不審に思った私は、駅前の公園から高校までの道を辿《たど》ってみることにした。部活帰りに来るとしたら、すれ違ってしまうことはないだろうと見込んだのだ。

冷たく澄んだ風が木々を揺らすと、ざわざわと枯れ葉がさざめき、私もその音に急《せ》かされるように道を早歩きをする。

「……てください。離してくださいっ」

今の、声って……。背後で噴水が湧き上がったとき、私は聞き覚えのある声に足を止めた。公園を出た細い通りで周囲を見回すと、男女二人が揉《も》み合っていた。

「何で俺のこと拒むんだ？　俺はこんなに優しくしてるのに」

「私はあなたのことを知りません……！　誰ですか？」

律だった。律が、ある男子に腕を摑《つか》まれて顔を歪《ゆが》めている。私は血相を変えて二人のもとへ走り出した。

「何してるんですか⁉」

「美月……っ！」

律は私の顔を見るや否や、必死に助けを請うように名前を叫んだ。切羽詰まった表情は、私の気持ちを逸《はや》らせ、私はキッと男子の顔を覗《のぞ》き込んで睨《にら》み付けた。

「あ、れ……？」

その顔は見たことがある顔で、つい口を開けたまま啞然《あぜん》としてしまう。

「……佐藤……さん……」

「え、美月、知り合いなの？」

涙目の律が呆気《あっけ》に取られたように尋ねてきたが、まだ衝撃的な事実に頭が追いつかない私は、何も返答できなかった。

「俺はね、七瀬さんのことはほとんど知ってるよ？　友達なら優しくしないとなって、この前藍原さんには先に声をかけておいたんだ。……それなのに、七瀬さんときたら俺のことを嫌がるんだから驚いたよ……」

佐藤大和さんは虚《うつ》ろな目をして言った。その狂気じみた雰囲気がおぞましくて、私と律は同じタイミングでゾッと震え上がる。

「……わ、私に話しかけたのは、律の友達って知ってたからなんですか？」

「そうだよ」

悪びれもなく頷《うなず》く佐藤さんに、一瞬でも佐藤くんだと勘違いしてしまった自分への愚かさと、律を脅した怒りが湧いてくる。この前校門に立っていたのも、きっと律を待っていたのだ。これでは、完全なストーカーではないか。

「私はどうでも良いですけど、律のことだけは傷つけないでください！　この子を泣かせたら許しませんよ！」

恐怖と葛藤《かっとう》しながらも、律のために私は強い口調で叱責《しっせき》する。しかし女子である私がいくら怒っても、佐藤さんは余裕そうな顔で黙っているままだった。

こうなったら……。

「……喧嘩《けんか》がすごく強い友達いるんですけど、今から呼びます」

スマホの連絡先一覧から『杉浦冬馬』という連絡先を引っ張り出して、思いっきり佐藤さんに突きつける。彼は少しビクッとしたように身体を強張《こわば》らせ、狼狽《ろうばい》し始めた。

杉浦くんとの連絡先交換は、このためにあったのだ。……おそらく。

「……あの、思い出しました。前に、電車内で具合が悪くなった私を介抱してくれたのが……あなた、ですよね？」

突如隣にいた律が、控えめに話し出した。

「あのとき、意識が朦朧《もうろう》としててよく覚えてなくて……、親切にしてくれたのに、拒絶しちゃったのけ……ごめんなさい」

怯《おび》えつつも謝る律を見て、佐藤さんは一瞬泣き出してしまいそうな顔をした。律と佐藤さんの間にそんな出来事があったなんて私は知らなかったが、杉浦くんを引き合いに出すしかない私の投げやりな方法の何百倍も、律の一言が佐藤くんの心に響くのだと思った。

「……思い出してくれたの？」

「……はい……」

佐藤さんは苦しそうに顔を崩して俯《うつむ》いた後、息を吐きながらまっすぐ私たちと目を合わせた。

「それが聞けて良かった。……怖がらせて、ごめん。たぶん俺は、七瀬さんに認識してもらいたかっただけなんだと思う。彼氏いることも知って、余計に悔しくなっちゃって。……結果的には、七瀬さんにも藍原さんにも申し訳ないことをした」

佐藤さんの表情は人が変わったかのように穏やかになった。律に覚えてもらっていることが、佐藤さんの何よりの幸せだったのかもしれない。

ショックのあまり、我を忘れて律に迫るような行動をしたことは絶対に許されないが。

「もう七瀬さんの前にも藍原さんの前にも、二度と現れない。本当にごめん」

佐藤さんは最後は吹っ切れたように頭を下げて、私たちに背を向けて歩き出した。その後ろ姿を見て、もう律が怖い思いをすることはないだろうと不思議と確信できた。

とは言え、急に見知らぬ人から襲われたら、一生のトラウマになってもおかしくない。心配でチラリと律のことを見ると、まだ瞳《ひとみ》の奥に恐怖の色が窺《うかが》えたが、心底安堵《あんど》しているようだった。

「……大丈夫？」

「うん……」

「ストーカーに遭ってたなら、相談してくれれば良かったのに。……って、私にはできないか」

「……美月、かっこ良かった。ありがとう」

律は私と視線を交わして小さく呟《つぶや》く。

今謝らないと。強く思った私は、律に向かってはっきりと言った。

「……この前、ひどいことたくさん言って、傷つけてごめんなさい。直接だとうまく気持ちが伝えられそうにないと思って、手紙を書いてきたんだけど……、読んでくれる？」

私は持っていたバッグから封筒を取り出して渡すと、律はゆっくりそれを受け取って開封した。

律へ

この前は、傷つけて本当にごめんなさい。

私はずっと、誰からも好かれて毎日楽しそうな律が羨ましくて仕方なかった。

私、実はお菓子作りとか裁縫とか、女子っぽいことが大好きなんだ。だから、誕生日にくれたストラップも、本当は心の底からすごく嬉しかった。

皆から人気者の律の親友が私でいいのかなっ

て、いつも自信がなかった。いつか私なんかじゃなくて他の子と仲良くなって、律が私から離れていきそうで怖かったんだ。

あんなにひどいことを言って、許してもらえるとは思ってない。でも、私は律と親友でいられて、本当に幸せだった。ありがとう。ごめんなさい。

「ねえ、美月」

手紙に目を落としたまま、律が私の名前を呼んだ。

「初めて私に話しかけてくれたとき、何て言ったか覚えてる？」

「え……？　覚えてない……」

「あの日私はポニーテールをしてたの。亡くなったおばあちゃんが作ってくれたピンクのお花のヘアゴムをしてたら、後ろの席になった美月が褒めてくれたんだよ」

「……そうだっけ？」

言われてみればそんな気もするが、もう私の記憶は風化して曖昧《あいまい》になってしまっていた。

「おばあちゃん子だったから、亡くなったときはショックで、毎日馬鹿みたいに笑って過ごすしかなかったの。中学の時はぶりっ子とかウザいとか、よく言われてた。……自分でもわかってるんだけどね、そうしないと悲しくなっちゃって。美月にも良く思われてないのは薄々気づいてたよ。いつも迷惑かけちゃって、私の方こそごめんね」

「律……」

常に楽天的で何も考えていなそうな律は、私が思っているよりもずっと繊細で思いやりのある子だった。涙が込み上げてきた私を、ちょうど顔を上げた律が泣き笑いしながら見た。

「さっきみたいに、自分を顧みないで私を助けようとしてくれたり、ちゃんと私のことを考えてくれたりするのは美月だけなんだよ。私は、これからも美月と親友でいたいぃ

「……」

私は律に勢いよく飛びついた。腕を律の首に回して、優しく抱きしめる。

「律……、ごめんね。皆がりっちゃんって呼ぶ中で、私だけ律って呼んでるのが嬉《うれ》しかったのに、海斗と付き合い始めてから海斗も律って呼ぶようになって……。私、律が遠くに行っちゃうみたいでずっと寂しかったの……っ」

私の涙がぼたぼたと律の肩に落ちていく。

口に出してみて初めてわかった。私はずっと、寂しかったのだと。律の隣にいると劣等感や嫉妬《しっと》が生じていたのは、律が遠くにいるという隔たりを寂しく思っていたからだった。

律は私の背中にぎゅっと両手を添えて、耳元で囁《ささや》いた。

「……美月って意外に隠すの下手だよね？　美月が可愛いものが好きなんて、最初に話しかけてくれたときからわかってたよ？」

「う、嘘だ」

「ほんとだよ。私はクラスで美月が素の自分を出せるように、誘導してたつもりだったの。下手っぴなせいで逆効果だったけどね。ごめんね」

「……そうだったんだ……」

「もう隠さなくていいからね？　私たちは親友なんだから！」

目を優しく閉じた私は涙を流しながら、「うん、ありがとう」と力強く首を縦に振る。

律は最初から私のことをよくわかっていて、よく考えてくれていたのだ。それなのに私は自分のことばかりで、律のことを全然見ようとしなかった。これからは、律の内面をもっと深く知っていこうとそのとき心に決めた。

私と律はそれから、公園のベンチに座ってたくさんの話をした。そこで打ち明けた佐藤くんとの文通の話を、律は相槌《あいづち》を打ちながら最後までじっくり聞いてくれた。一通り聞き終えると、「佐藤くんは美月の救世主だね」と笑顔で言い、私は確かにその通りだと頷《うなず》きつつ、それだけでは言い足りないような感覚を覚えたのだった。

湧き上がる噴水の飛沫《ひまつ》が、七色の虹《にじ》を描き出していた。

＊

「お前さ、実はあんまり真面目じゃねえよな」

週が明けた月曜日、私は図書室にいた。隣には、遅刻&サボり常習犯の杉浦くんが座っている。

「いや、今日だけね」

「一日授業サボるなんて、相当不真面目だと思うけど？」

「だから、今日だけだってば。手紙がいつ届くのか気になるし、相手が誰だか絶対にこの目で見たいと思って」

そう、今日は佐藤くんが電話で言っていた、「最後の手紙」が届けられる日だった。

「相手、名前何て言うんだよ？」

「内緒。ていうか、いつまでここにいるつもり？」

「知らねぇ。眠れるまで、だな」

高くそびえ立つ本棚の合間を、奥の奥まで進んで行った突き当たりで、私は朝から放課後まで張り込む気でいたのだ。そしたら四時間目になって杉浦くんが割り込んできたから狼狽《うろた》えた。図書室でよくサボっているとは言っていたが、午前中も終わるという頃に遅刻してきたうえに教室へ行かず図書室を訪れるとは、さすが不良と言われるだけある。

「ほんとここ穴場なんだよな。屋上は鍵《かぎ》掛かってて入れねえし、保健室はどう頑張っても先生に見つかるし。図書室は広くて司書のばあちゃんにもバレねえから最高」

「そんなのは良いから、早く昼寝して教室戻りなよ」

コソコソと繰り広げられる会話は、遠くの司書室にいる司書の先生には届くはずがなかった。杉浦くんのだらしなさに顔をしかめながら彼を一瞥《いちべつ》すると、数秒私の目をじっと見つめてきた。

「……じゃあ、寝かせろよ」

「え？」

床にお尻《しり》をつけて座っていた杉浦くんが動いたと思ったら、突然私の左肩にもたれかかってきた。あまりの近距離に、心臓がはち切れそうなほど膨らみ、顔はゆでだこのように沸騰する。

「ちょっと、何してるの⁉　杉浦くん……！」

「寝たら教室行くから。つか、いつもそうしてっから」

「毎回って……。そんなに眠いなら、家で寝てくれば良いでしょ」

肩に触れ合う頭のずっしりした重みがなぜかくすぐったくて、私の口からは意地っ張りな言葉が出る。

近い。とにかく近い。ぶわっと発熱する身体に嫌気がさしていると、杉浦くんが小さく呟《つぶや》いた。

「……寝れねえんだよ。家じゃ」

「……どうして？」

目を閉じたまま私の肩に寄り掛かる杉浦くんの長い睫毛《まつげ》に、私は思わず見惚《みと》れてしまいながら訊《き》いた。

「俺、起立性調節障害っていう自律神経の失調症持ってるんだよ。不眠がひどくて、朝、起きれねえの。それで薬ももらったりしてる」

睡眠障害は薬物のせいではなく、睡眠の病気を患っていたから薬を服用していたのか。

つくづく、周りで流れている噂は身勝手で無責任なのだと思い知らされる。

「そっか。知らないのにいろいろ言ってごめん」

間髪容《い》れずに謝ると、杉浦くんは驚いたように私から離れて目を見張ったので、私は首を傾げた。

「何？」

「いや、驚かねえんだなって。普通、焦ったりしねえか？」

「うーん、人それぞれ抱えてるものがあるし、それをあえて表に出さないようにして、周りに気を遣っている人もいるから。別に驚いたりはしないかな」

私の言葉に杉浦くんは「そうか」と言ったきり黙ってしまったが、その瞳《ひとみ》は優しく細められている。

佐藤くんを探す中で色々な出逢《であ》いや衝突があったが、皆それぞれに悩みや葛藤《かっとう》を抱いているのだと知った。私がコンプレックスや孤独感を抱えていたように、誰一人として壁にぶつかったことのない人間はいないのだ。

「でも、原因とか改善するのかどうかとか……聞いても良い？」

「ああ。原因は……多分ストレスだな。俺、家庭環境がさ……」

「ちょ、ちょっとストップ！　そういうデリケートな話、私にしても良いの？　大して仲良くもないし、無理に言わなくても……」

「バーカ。俺がお前を話しても良い相手だと思ったから、話そうとしてんだろ」

「や、やめてよ」

杉浦くんが私の頭を軽く小突いてきたので、それを回避しながらなぜか胸は温まっていった。

私って、意外と杉浦くんに信頼されているのかな。そうだとしたら、まあ、嬉しくなくはないかも。素直になれない私はそんなことを感じていた。

すると杉浦くんはゆっくり私から目を逸《そ》らし、遠くを見据えながら話し始めた。

「……一歳上に兄がいるんだけど、両親にずっと比べられてきたんだ。何をやっても兄貴には敵《かな》わなくて、俺は怒られるのに兄貴ばっかり褒められて。両親の愛情を受け取るのは兄貴だけで、ずっとうぜえって思ってたんだよな」

「そんな……」

「俺が中二のとき価値観の違いで両親が離婚して、俺は母親に引き取られて、兄貴は父親に引き取られたんだ。俺の父親、結構でかい会社の社長やってて、兄貴を後継ぎにしたかったんだろうな。それで俺はただの邪魔者ってわけだ。俺を仕事も金もねえ母親に押し付けた」

杉浦くんは過去に思いを馳《は》せるように伏し目がちに言った。

「母親は夜遅くまで帰ってこねえことが多くて、俺は一人で寝るようになったんだよ。そしたら、夜はなかなか寝付けねえし、朝は全然起きられねえ。いつの間にか睡眠障害になっちまってたから驚いた」

杉浦くんが遅刻魔で図書室で寝ているのは、れっきとした理由があったのだ。学校に行きたくないわけでも、好きでサボっているわけでもなかった。

「そうだったんだ……。他の人と群れないようにしてるのも、それが原因？」

「まあな。誰かと関わったら無駄に気遣わなくちゃならねえことも増えるし、一人は楽だからな。俺と兄貴を比べる両親もどうかと思うけど、そんときは兄貴に嫉妬《しっと》して兄貴に当たってばっかだったんだよなー」

幼い頃を懐かしむように言う杉浦くんの横顔は、そのときの自分を何だか後悔しているように見えた。

「実はお兄さんのこと、大好きだったんだね」

「あ？　お前、今の話聞いてそう思うか？　俺、兄貴に対しての態度、散々だったけど」

「うん。杉浦くん、今の話でお兄さんのことをウザいとか嫉妬したとかは言ってるけど、お兄さん自身のことは一度も悪く言わなかったよ」

私がそう答えると、杉浦くんはやれやれと感服したように髪を掻《か》きむしった。

「意外と鋭いなー。すんげえ的確なこと言うじゃん」

「似たような気持ちになったことあるから、何となくわかるような気がして。世の中が理不尽なのは当たり前だけど、結局は自分が未熟だからそれを言い訳にして甘えちゃうんだよね」

律の顔を思い浮かべながら言う。

私はいつも、何でもかんでも、律は可愛いから、という決まり文句で片付けてしまっていた。しかし、それを言い訳に全部逃げてはいけないと最近身に染みて感じたのだった。

「お兄さんとは、今会ってないの？」

「ああ。兄貴とは高校も一緒だったけど、春頃から見かけなくなったんだよな。……父さんの海外赴任なんかで転校したんだと思うけど。そもそも兄貴に反抗しまくりだった俺が、今更会いてえって言っても会えねえだろうし。兄貴の方が俺のこと嫌ってるだろうしな」

「うーん、そっか。何かもったいないね……」

そのとき、杉浦くんが不意に私の手を引っ張ってきたので、思わず肩を震わせて顔を見合わせる。杉浦くんの吐息が耳に吹きかかるほど近くに身を引き寄せられた。

「ちょっと、何？」

「しっ！　司書のばあちゃん、本棚整理しに来た」

私の耳元で囁《ささや》く杉浦くんの声に胸がドキリと高鳴りつつ、存在を知られてはいけないという危機感も加わって、どんどん鼓動が速まっていく。

司書の先生は、私たちのいる図書室の一番奥から角度的に少し見えたが、幸い本棚整理に夢中で、私たちに気づきそうな気配はない。それよりも、杉浦くんの端整な顔が間近にあることの緊張の方が余程強くて耐え切れなかった。

「……あの、近いんだけど」

「あ、わりーわりー。つか、ついでにこのまま寝させて。ばあちゃん近づいてきてヤバそうだったら教えてくれ」

「は？」

杉浦くんはまたもや私の肩に体重を預けて静かに目を閉じた。その自由気ままなところに腹が立つうえ、寝顔まで息を呑《の》むほどかっこ良いのが悔しい。

ああ、眠れないなんて話をされたらもう、やめてと言えなくなってしまったではないか。

あっという間に放課後になった。杉浦くんは昼休みに目覚めて、私と一緒にゼリー飲料を飲んで腹を満たし、そのまま放課後まで過ごした。

「……ついに、来なかったな」

「……うん」

佐藤くんを待つために今日一日教室へ行かずに図書室で過ごしていた私は、期待が大きかった分がっかりする気持ちが大きかった。まっすぐな佐藤くんのことだから、絶対に今日手紙を届けてくれると勝手に信じ切っていたのだ。

佐藤くんはとうとう図書室に現れなかった。何かあったのかもしれないが「最後の手紙」と言われると内容もものすごく気になるし、今日手紙が来なかったら次がいつになるのか読めないのがじれったい。

「落ち込んでるのかよ」

「いや、そんなこと……あるかも。相手の姿が今日こそ見られるって、わくわくしてたから」

「まー、まだわかんねえぞ。一応本の中は見た方がいいんじゃねえ？」

「えっ」

杉浦くんはすっくと立ち上がり、そのまま入り口付近の本棚に向かっていった。見えなくなった彼の背中に焦った私は次いで腰を上げ、後を追った。

朝から放課後まで、『こころ』を手にした人は現れなかった。それなのに、手紙が挟まっているわけがない。私は眉間《みけん》に皺《しわ》を寄せながら杉浦くんの後ろ姿を見つめる。

「……おい」

本棚を前にした杉浦くんは私の方を振り返り、真顔で固まる。その表情を見て、私の胸に一本の光の筋が突き抜けた。

その手には、一枚の便箋《びんせん》があった。

「……手紙、来てる」

「……そんな。嘘……でしょう？」

だって、誰も、図書室に来た人は誰も、この『こころ』に触れていないのに。手紙が届いているなんてこと、あるはずない。おかしい。

当惑して取り乱しながら、私は杉浦くんの隣に立って、便箋を覗《のぞ》き込んだ。

「この人は、俺の――」

そのとき言った杉浦くんの一言と、手紙の内容を、私は二度と忘れることはない。私の記憶に深く深く焼き付く、衝撃的で、絶望的で、そして運命的な事実だった。

第五章　恋心のファンタジー

藍原美月さんへ

君がこれを読んでいるとき、俺はもう文通ができなくなっていると思う。

今から俺がする話は、すぐには信じられない話だと思うし、もしかしたら一生わかってもらえないかもしれない。でも最後だから、包み隠さず本当のことを伝えます。

俺は佐藤春樹といいます。君より一つ年上の十八歳です。

そして俺はがんを患っていて、今年の五月からずっと入院中です。病気が進行してペンを持てなくなる、その前に文通をやめなければいけない、いつか本当のことを伝えなければいけない、そう思って今この手紙を書いています。

宣告されていた半年の余命を過ぎて、いつ死ぬのかと漠然と考えていた九月に、病院にある患者図書室で、たまたま『こころ』を見つけたんだ。

藍原さんのことが気になっていた俺は、君がこれを読んでいたのを思い出して、馬鹿みたいだけど君宛ての手紙を書いて挟んでみたんだ。

そしたら、藍原さんからの返事が届いた。

嘘みたいだけど、本当の話だよ。

俺が患者図書室の『こころ』に手紙を挟むと高校の図書室の『こころ』に届くという不思議な現象が起きているらしい。

こんな話、急に言われても信じられないよな。

でも本当なんだ。朝、患者図書室へ行くと、君からの手紙が入っているんだ。

何のために生きているのかわからなかったけ

ど、藍原さんと文通をし始めて毎日がとても楽しくて、藍原さんが俺の正体に辿り着けないのをいいことにずっと文通を続けてしまった。

いつもはぐらかして誤魔化して、嫌な気持ちにさせてごめん。

奇跡の力が俺たちを繋いでくれて、そして藍原さんが俺と向き合ってくれたおかげで最後に最高の思い出ができました。

この思い出は、ずっと忘れません。

今までありがとう。

佐藤春樹

私は走った。

頬に当たる風が冷たくて、刃物のように鋭く痛かった。

佐藤くん。佐藤春樹《はるき》くん。

まだ私は信じられない。佐藤くんが書いた最後の手紙の内容は、現実とはかけ離れたファンタジーの世界の話で、到底受け入れがたいことだった。

学校と病院の本が繋《つな》がっているなんてありえるはずがないと何度も何度も思ったが、
誰も触れていない本の中にこの手紙が届いていたことが何よりの証拠だった。

混乱の嵐に襲われている私は、それを振り切るように街路を駆け抜ける。

最初の手紙が「一度でいいから話してみたかった」と過去形だったのは。

「君と俺は絶対にすれ違わない」と不自然な断定ができたのは。

「生きてきた中で一番」なんて、大げさにも思える言葉をくれたのは。

そして——。

『この人は、俺の兄貴だ』

顔色を変えない杉浦くんが放った一言。こんなにタイムリーなことがあって良いのかと突っ込みたくなるほどである。図書室で私に話してくれた家庭事情に大きく関わる例のお兄さんが、この佐藤春樹くんだと言うのだ。

杉浦くんは、この手紙で佐藤くんの、……実のお兄さんの病気を知ったのだろうか。お兄さんのことは大事に思いつつも、当時は嫉妬《しっと》から反抗してしまったと言っていたから、きっと複雑な想いが駆け巡っていたに違いない。

息を切らして肩を上下させる私の前に見えたのは、木々に囲まれた、大きくて真っ白な建物だった。無機質で角ばった印象のある建物の上には、『空ヶ丘総合病院』の文字が掲げられている。

おそらく佐藤くんは、この手紙を最後に、私との関わりを断ち切るつもりだったのだろう。病気で先が長くないことをわかっているからこそ、私がすっきりできるように全てを打ち明けた後で完全に姿を消そうとしたのだ。

しかし私は、公衆電話から電話をかけてくれたときに聴いてしまった。そのときに病院名がわかったおかげで、今こうして佐藤くんのもとへ向かうことができている。

自動ドアが開き、私はゆっくりと病院内に入った。風邪を引いた際に近所の小さな病院に行ったことしかなかったため、大きな総合病院に来るのは初めてで、少しばかりの緊張が身体に走る。院内はまだ新しく非常に綺麗《きれい》で、午後五時頃という夕方の時間帯のせいか人の往来も少なかった。

軽く深呼吸をしてから、私は受付の女性に恐る恐る尋ねる。

「さ、佐藤春樹さんに面会したいのですが……」

「はい。少々お待ちくださいね」

受付の女性はパソコンの画面をしばらく凝視してから、私にネックストラップのカードを差し出した。

「佐藤さんは七〇七号室になります。こちら面会証の着用をお願い致します」

「はい」

私は受け取った面会証を首にぶら下げ、エレベーターに乗り込んだ。ウィーンという機械音と共に機体が上昇し、全身を重力が襲う。

佐藤くんは、私がまさか病室にやってくるとは思ってもみないだろうな。手紙を渡すのが最後の別れのつもりだったのだから。

私が来たら、佐藤くんはどんな顔をするのだろうか。もちろん驚くとは思うが、勝手に押しかけたらやはり怒るだろうか、それとも、少しは喜んでくれるのだろうか。

七階に到着し、ナースステーションの前を通った私は、七〇七号室を目指して長い廊下を歩いた。広くて綺麗なのに、なぜかとても寂しく感じる場所だった。

「あ、あった……」

佐藤くんが入院している七〇七号室は一番奥の個室だった。扉の前に立つと心臓が飛び出しそうなほどの緊張で硬くなる。気を引き締めて一呼吸おいてから拳《こぶし》を作ってノックした。

コンコン。

「はい、どうぞ」

電話越しに聴いていた声が届き、ゴクリと唾《つば》を飲み込む。

「失礼しまーす……」

扉を開いた先の短い通路を歩けば、大きなベッドが見え、そこに横たわる男子と目が合う。

「……っ」

泣きたくなるような感覚がぶわっと胸に沸き起こった。

柔らかい栗色の髪がサラサラと揺れ、形の整った瞳《ひとみ》はどこまでも澄み渡っている。通った鼻筋の下にある薄い唇が驚いたように開かれた。

「藍原、さん……。どうして……」

唖然《あぜん》としたのは佐藤くんだけではなかった。

「佐藤……くん」

点滴の管が繋がれた腕は私よりも細くて、今にも消えてしまいそうな儚《はかな》さがあった。

私が一番信じたくなかったのは、不思議な現象が起きていることより、佐藤くんが余命半年のがん患者だったということだ。手紙にある非現実的な内容は信じられたとしても、佐藤くんの病気だけは嘘であってほしかった。

私は自分が思っていたよりショックを受けてしまって、しばらくそこから動けなかった。

好きな人と初めて会えた。顔を合わせられた。ずっと待ち望んでいたことのはずなのに、私の心は嬉《うれ》しさよりも悲しさが勝っていた。

「どうして、ここが……」

「えっと、電話くれたときに、病院名が後ろで聞こえたから……。急に押しかけてしまってごめんなさい。いてもたってもいられなくなっちゃって」

「いや……」

佐藤くんも相当動揺していて、私の顔をじっと見つめたまま何も言わなくなってしまった。

やっぱり、急な訪問は迷惑だったかな。俯《うつむ》きながら私はスクールバッグの中を開け、あるものを取り出した。

「あっ、そうだ。あのね、ハーバリウム持ってきたから、良かったらどうぞ」

「あ、ああ。わざわざごめん。ありがとう」

駅前のインテリアショップで買った小さなハーバリウムの瓶を、ベッドサイドテーブルに丁寧に置いた。オイルに浸されたみずみずしいプリザーブドフラワーが光りを浴びて、幻想的に輝いている。

今まで手紙のやり取りをあれだけしてきたのに、対面するのが初めてのせいで、お互いぎこちなくなってしまう。聞きたいことはたくさんあるはずなのに、言葉が出てこなくて妙な沈黙が流れた。

「……」

いや、おかしい。佐藤くんが私を気になっているということは、対面するのは初めてではないはずだ。必ずどこかで会ったことがあるはずだし、実際会った今、顔に見覚えがある気がするのだが――。

「……へえ、綺麗だな」

そのとき、佐藤くんが私の持ってきたハーバリウムに目を向けてにこやかに笑った。

私はその優しい笑顔を見て、思わず泣き出しそうになって佐藤くんの右側に移動する。

やっと、私たちの出会いを思い出すことができた瞬間だった。

「……佐藤くん、私……ハンカチ渡したことあるよね……？」

私の声に佐藤くんは目を丸くして、すぐに柔らかく細めて微笑みを浮かべる。

「ああ。思い出してくれたのか。あのとき、俺は君に救われたんだ」

「私に救われた、って……？」

五月上旬の放課後。海斗に片想いをしていた私は、律から海斗と付き合うことになったという話をされて、絶望に打ちひしがれた。何気なく逃げ込んだ図書室で、たまたま見つけた『こころ』を手に取って席に座ると、失恋の悲しみで目に涙が溜《た》まって溢《あふ》れかえってきた。そんなとき、斜め前に座る男子が涙を堪《こら》えているのを発見したのだ。

私と同じように泣きそうになっている人を見て、私は何だか手を差し伸べたくなってしまって、自分が持っていたお気に入りのハンカチをその人に差し出した、というところまで記憶がある。その相手こそが佐藤くんなのだ。

「図書室で泣きそうだった俺にハンカチをくれた日、俺は最後の登校日だったんだ。卒業したかったけど、病気で退学が決まってたから、あの日悲しくて悲しくて」

「そうだったんだ……」

「君も泣いてただろう？」

「あ、う、うん。失恋したから……」

「そうか。あのときの俺は自分のことで精いっぱいで、こんな傷みなんて誰にもわかるわけないと思ってたんだ。そしたら、自分も泣くほど辛《つら》いのに、俺に優しさを分け与えてくれる藍原さんが現れて。藍原さんが『こころ』で顔を隠して涙を流し続けているのを見て、自分のことそっちのけで他人の苦しさを労《いた》われるのがすごいと思った。俺も死ぬまでこんな人でありたいと思った」

私が失恋で苦しんでいるとき、別のことで苦しむ佐藤くんを、知らず知らずのうちに救っていたことになど気づかなかった。

「じゃあ、……杉浦くんにハンカチを渡したのも、佐藤くん？」

「ごめん。あの日で学校に行くのが最後だったから、どっちみち返せないと思って図書室で寝てた冬馬に託した。冬馬とは知り合い？」

「うん。佐藤くんと、兄弟なんだよね？」

「そうだよ。そんなことまで話すほどあいつと仲良いんだ。何か嫉妬するな」

佐藤くんは爽《さわ》やかに笑ってさらりと言った。本人はごく自然に口にしたセリフだと思うが、私の胸はドクドクと音を鳴らして動き出す。

「あいつのこと、よろしく。不器用だけど、根はすごく良い奴だから」

「うん、わかった」

佐藤くんは、杉浦くんのことを嫌ってなんかいない。私のハンカチを杉浦くんに渡したということは、間で交わされる言葉が足りなかっただけで、弟が兄を大切に想っているように、兄だって弟を大切に想っているのだ。

佐藤くんが元気なうちに、二人の誤解が解けて気持ちを通わせてほしい。

私は「佐藤くんが元気なうちに」というフレーズを自然に使ったが、ふと脳内で繰り返して、未《いま》だ佐藤くんが余命宣告をされているがん患者だということが信じられずに口を開く。

「その。……本当に、がん、なの……？」

私の質問に、佐藤くんは優しい瞳で遠くを見つめて答えた。

「……ああ。骨肉腫《こつにくしゅ》っていう骨にできるがんなんだ。どんどん身体が弱まってるのがわかる。余命は過ぎたけど、いつ死ぬのかわからない。だから……君と無責任に文通を続けてはいけないと思ったんだ。それが、まさか病院を知られてて、訪問されるとはな」

「……」

「あの話、ファンタジーすぎると思わないか？　信じられないよな。でも本当なんだよ。朝、俺が一階にある患者図書室に行くと、藍原さんからの返事が入っているんだ。……って、どうした？」

佐藤くんは困ったように笑い、私にゆっくりと手を伸ばした。

「どうして泣いてるんだ？」

「……ごめんなさ……っ。私、何も知らないまま、無神経なこととか適当なことを言ったよね……」

何も考えずにテストの話をしたり、学校生活で楽しいことを聞いたりしてしまった。『こころ』のラストを幸せだと言ったのも、こういう事情があったからだと今ならわかる。

今まで私が佐藤くんに宛てた手紙に書いた、「生きてても辛いことばっかりで」や「こんな自分が嫌いで、いなくなっちゃえって思った」などの無神経な言葉の数々が想起される。

ずっと病院で、死と隣り合わせで生きる佐藤くんは、どう思っただろう。激しい後悔の念に襲われていると、力なく下ろしていた右手を佐藤くんが優しく握った。

「藍原さんが謝ることは何もない。藍原さんとの文通で、俺まで学校に通っているような気分になれたし、色々な話が聞けて楽しかった。ありがとう」

「でも……っ」

カーディガンの上に重ねて着ていたブレザーの袖《そで》で、自己嫌悪から溢れ出す涙を拭《ぬぐ》う。涙が止まらない原因は自己嫌悪だけではなく、佐藤くんが亡くなってしまうという重い事実が胸に突き刺さって痛かったからだ。

「佐藤くんががんだなんて……信じられないよ……っ。だって今、こんなにちゃんと会話ができるのに……。死んじゃ嫌だよ……！」

「泣くな。俺は大丈夫だから。……俺は手紙で、少しでも君の力になれたか？」

相変わらず佐藤くんは眉尻《まゆじり》を下げて困ったように笑うから、私は首を何度も縦に大きく振った。

「それなら良かった。俺がいなくても、元々藍原さんは強い子だから大丈夫だ。もっと自分に自信を持って。それで……君は君で、学校を楽しんでくれ」

佐藤くんのその言葉は、「もう病院に来るな」と釘《くぎ》を刺しているように聞こえた。喉《のど》が押し潰《つぶ》されたように苦しくて、私は佐藤くんの手をはらりと振り払う。

佐藤くんは最初から私とはもう関わらないつもりだったのだから、そう言われて当然だ。また、衝撃を受けてしまった私を考慮してくれたうえでの発言とも取れる。

何にせよ、佐藤くんは私のことを第一に考えてくれている。それに比べて、私は……私は一体何ができる？　私はこの優しさに、どう応《こた》えられる？

「……うん。今までたくさん頼りにしちゃってごめんね。だけど、佐藤くんがくれる言葉に私は何度も何度も救われてたから……。本当にありがとう」

私も、これで最後と言わんばかりの返答をした。笑顔でいないと涙が零《こぼ》れ落ちそうになるから、無理やり口角を引き上げ続けた。

「じゃあ、私、行くね」

「……ああ。元気でな」

「うん」

そっちこそ、と言いかけて口を噤《つぐ》んだ私は、柔らかく手を振って佐藤くんに背を向けた。病室を出た後、閉めた扉に背中をつけ、そのままずるずると廊下にへたり込む。

扉一枚を隔てているだけなのに、佐藤くんは遥《はる》か遠くにいるような気がした。やっと会えたのに、文通をしているときの方が余程近くで会っていたような気がした。

顔を合わせて会話を交わして、もう一度ちゃんと気づかされた。私は佐藤くんのことが好きだ。佐藤くんは、これまでもこれからも大切で、特別で、かけがえのない相手だ。

しかしこの気持ちは、どうすることもできない。好きでいたって、悲しくて辛くて苦しい結末しか待っていない、絶対にハッピーエンドにならない。こんなにもはっきりと形を作って芽生えた恋心を、いつか消えてなくなるその日まで行き場もなく持ち続けなければならないのだ。

だから、好きと言う代わりに私はずっと願っている。佐藤くんが、一分一秒少しでも幸せでいられますように、と。

「くる、しいよ……っ」

……さようなら、佐藤くん。

＊

「……大丈夫か？」

「……え、ああ、うん」

私の顔を覗《のぞ》き込んだ海斗が心配そうな視線を向けてくる。

最初で最後の佐藤くんとの対面から、一ヶ月以上が経っていた。途中に冬休みを挟み、来年本格的に始まる受験に備えて、私はとにかく勉強に力を注いでいた。

「最近、元気ないよな。勉強頑張りすぎてるんじゃないの？」

「そんなことないよ」

即答した私に、海斗は不服そうな表情でスポーツバッグを背負い直す。

「それならいいけど。……じゃあ、部活行くわ。またな」

「うん、またね」

隣にいた律が、海斗が背を向けたのを確認してから私の耳元に口を寄せ、「気持ちを我慢しすぎるのも、良くないよ？」と囁《ささや》いた。律には佐藤くんに片想いをしていることや、会いに行ったことを話していた。律は「美月の思うように行動するのが一番だよ」と常に言ってくれていたが、海斗にも心配されるほど最近の私は元気がないらしい。

「うん……ありがとう」

「いーえ。じゃあね、美月〜」

一人残った教室で、私は天を仰いだ。

だって、どうしたらいいのかわからない。もう佐藤くんに会わないことを決めたが、好きなのだから辛いのは当たり前で、だからといって会いに行ったら余計に想いが強くなって別れが怖くなる。それならいっそ、この状態で時が経つのをひたすら待ち続けるしかない。恋心が色褪《いろあ》せていくのを、苦しみが薄れていくのを、時間をあてにして毎日を過ごす以外になかった。

「図書室、行こうかな……」

図書室は精神的に参ったときの逃げ場でもある一方、今は佐藤くんの存在を思い出してしまう場所でもある。しかし、図書室の懐かしい香りや落ち着ける雰囲気が恋しくなって、私は久しぶりに図書室に向かうことを決めた。

廊下を歩きながら、今さっき教室にいたさくらちゃんと舞衣ちゃんのことを思い返していた。律と仲良くしているように見えた二人は、私たちが和解した途端に関わってこなくなってきて、あれほど律と親しくしようとしていたのは何だったのかと感じるほどだった。律によれば、実際二人は海斗と話す機会がほしかったのだそうで、律が私と仲直りをしたならそれはそれで良いらしい。それを聞いたとき、私は憤りを通り越して呆《あき》れざるを得なかった。

図書室に入ると、佐藤くんと文通をしていたときの柔らかい空気が残り香のように漂っていて、途端に切ない気持ちが巻き起こった。佐藤くんからの手紙を楽しみに図書室に急いでいた放課後が遠い昔に感じられて懐かしくなる。

すると、中央にあるテーブルで静かに会話をする二人の姿が目に飛び込んできた。イスに座って振り返りながら話しているのが佐藤涼介先輩で、立ったまま佐藤先輩を見下ろす形で話しているのがこうちゃんこと佐藤航平先生だった。

「あ」

扉の開く音で二人は同時に私の方を見て同じような口の形をした。そういえば二人とも「佐藤」繋《つな》がりで関わったことがあったのだった。

「こ、こんにちは」

小さい声で会釈しつつ近づくと、二人は私に対してまたもや同時に頭を下げ、顔を見合わせた。

「え、佐藤くん、藍原さんと知り合いだったんだね？」

「知り合い、と呼べるのでしょうか。……すみません。どう考えても俺への挨拶《あいさつ》ではなかったですね」

佐藤先輩は軽く咳払《せきばら》いをした後、眼鏡の縁を押し上げる。

「ああ、いや、お二人ともに挨拶したつもりです。佐藤先輩とは図書室で会って話すようになりました」

大事な部分を全て端折《はしょ》ったかなりアバウトな説明だが、決して間違ったことは言っていない。私の言葉に、こうちゃんは目を見開いて感心するように言った。

「佐藤くんにも話せる後輩の女の子がいたんだね～」

「先生。そういう変なからかいはやめてください」

佐藤先輩は至って冷静に制止する。先輩がいくら女子と関わらないとは言え、私だって図書室でたまに遭遇したら会釈する程度の関係だ。「話せる後輩の女の子」というのはさすがに私も言いすぎな気がした。

「珍しいなーと思って。……あ、あれは、報告したの？」

「ああ……」

二人がこそっと話す声が耳に入ったので、私は首を傾げて聞き返した。

「あれ、って何ですか？」

佐藤先輩は一呼吸置いてから、遠慮がちに言った。

「実は、……T大学に推薦で合格しました」

「えっ！」

T大学と言ったら、全国トップクラスの国公立大学で、一般入試で合格するのはもちろんのこと、推薦であればさらに難しく狭き門だ。それで合格を決めてしまうなんて、佐藤先輩はとても優秀だったに違いない。

クラスメイトに鞄《かばん》を捨てられて教科書やノートがなくなっても、勉強に関する意識は変わらないどころか、むしろより強くなって結果を残す先輩は、本当にかっこ良く映った。

「すごいですね……！　おめでとうございます」

「推薦入試の小論文指導をしたのが僕なんだよね。いやー、よくやってくれたよ。本当にすごいなぁ」

「先生、佐藤先輩よりも喜んでるように見えるんですけど……」

「そりゃあね、生徒の合格は何よりも嬉《うれ》しいからね」

こうちゃんは笑顔で私の目を見ながら言葉に力を入れて言う。

「藍原さんも、とうとう来年受験だね」

「三年生はあっという間だから、今のうちに少しでも頑張っておくと良いですよ」

佐藤先輩のアドバイスは何よりも説得力があって、私は頷《うなず》きながら気が張った。

「将来のことはまだ何も考えてないんですが、とにかく勉強は頑張っておこうと思います」

「うん。可能性を広げていくのは大切なことだけど、あまり未来のことを不安に思わないようにね。今は今しかできないことのために時間を使うのも大事」

そのこうちゃんの一言が佐藤くんに対する気持ちを指差しているようで、胸が切なく締め付けられた。隣でそれを聞いていた佐藤先輩も、眼鏡の奥の瞳《ひとみ》に強い意志を宿しながら言葉を付け加えた。

「不安から逃げることと、将来を考えて行動するのは似ているようで違いますからね。今どうしたいかという気持ちに素直になれば、後悔だけはしないでしょう」

「……っ」

何も答えられずに私は沈黙する。そんな私を見かねてか、こうちゃんはいつもの穏やかな笑みを浮かべて、「後悔かー」と声を漏らした。

「僕も、連絡を怠ったり会いに行かなくても大丈夫って慢心してたり、思い返すと後悔ばかりだよ。まだ十七なんだから、するなら後悔じゃなくて失敗をした方がいい」

それは絵梨さんに対する後悔だと私は一瞬で悟った。佐藤先輩は訝《いぶか》しげに眉《まゆ》を顰《ひそ》めて私たちの顔を交互に見る。

「何の話です？」

「こっちの話だよ」

クスクスと笑うこうちゃんは、「後悔」なんて口にしている割に晴れやかな表情に見えて、それを怪訝《けげん》そうに見つめ顔をしかめる佐藤先輩も、受験に合格し未来へ向かって生き生きとしているように見えた。今の私にとって、二人の姿はとにかく眩《まぶ》しかった。

＊

駅のホームで電車を待ちながら、私はさっきのこうちゃんと佐藤先輩の言葉を内心で唱えていた。二人は私が進路について悩むことのないようにアドバイスをしてくれていたのだろうが、私は佐藤くんへの気持ちとの向き合い方について指摘されているように錯覚してしまった。

私はずっと、自分のため、佐藤くんのため、そう思ってきた。がんで先が長くない佐藤くんに会わないことが悲しみから逃れる何よりの方法で、佐藤くんの思いやりに応《こた》えられることにもなると思っていた。しかし、それは不安から逃げているのと同じことなのだろうか。

恋心を胸の奥底にしまって本心を見ないふりをし続けるのが単なる逃げなのだとしたら、私はどうしたら良いのだろう。

「……よっ」

「わっ」

振り向けば、杉浦くんが手を挙げて立っていた。私の隣に並ぶと、至って平然と尋ねられた。

「浮かない顔してどうしたんだよ」

「何でもないけど……」

今日は色々な人に心配される日だ。今は考え事をしていたからかもしれないが、他の人に何度も気づかれてしまうようではいけない。

「あ、電車来たぞ」

私と杉浦くんは、ホームにやってきた電車に乗った。車内は仕事帰りのサラリーマンや学校帰りの学生が多く、朝ほど窮屈ではないもののそれなりに混雑していて、座るところがなかった。私たちはつり革に並んで摑《つか》まった。

「……」

私が一日授業をサボった日、佐藤くんから送られた最後の手紙を最初に発見したのは杉浦くんだった。中身を読んでいるということは、私の文通の相手が自分の兄だということは疎《おろ》か、その兄ががんを患っていることもあれで知ったはずだ。

それについて、どう思っているのだろう。

前に座っているサラリーマンの鞄の一点をぼうっと見つめながら思いを馳《は》せていたとき、「あーそうだ」と杉浦くんが私の方を向いた。

「あれ、兄貴からの手紙。病院と高校で手紙のやり取りできるって信じてんのかよ」

「えっ？」

「ほら、書いてあっただろ？『こころ』に挟んで場所を超えて手紙が届いてた、っていうやつだよ」

「あー……」

どうなのだろうか。完全に信じたかと言われたらそうではないが、佐藤くんが高校に来られるわけがないし、患者図書室で手紙を入れていたと言われてしまえば、疑う余地はもうない。

「まあ、ありえないけど、……信じてる」

流れるような窓の景色に目をやりながらそう答えた。杉浦くんには「んなわけねえだろ」なんて言われるかもしれないと思いつつ、それでも正直な気持ちを述べた。

「……そうか。俺も、お前らの絆《きずな》が強かったから起きたことじゃねえかと思ってる」

杉浦くんは意外にも同調してくれて、それが何だか嬉しく思えた。私が失恋した日、そして佐藤くんが病気で退学が決まった最後の登校日、偶然にも不幸が重なった私たちは出会った。その出会いが手紙を届ける現象を引き起こしたのならば、杉浦くんが言う通り私と佐藤くんの絆が強かったということなのかもしれない。

しかし、今私はやるせなさを感じていた。杉浦くんはお兄さんががんだということには一切触れようとせず、私と佐藤くんの話をするだけで、まるで真実から逃げているようだったからだ。

……逃げている？　それは、まさに私が直面しているフレーズで、ハッと気づかされるような感覚が心に迫ってきた。

「……お兄さんががんだってこと、知ってた？」

私は気がつけば、杉浦くんに訊《き》いていた。

「……いや」

しばらく黙ってから杉浦くんは微《かす》かに首を横に振ったので、私は小さく声を絞り出す。

「病院、行かなくていいの？」

何様のつもりだ、と頭の片隅で感じつつ、このまま二人が誤解し合って和解できないまま永遠の別れが訪れてしまうのだけは絶対に駄目だという思いが溢《あふ》れていた。二人の気持ちを知っている私ができることと言ったら、二人に話すように促すことくらいしか思いつかなかった。

「でも、兄貴は俺のこと嫌いだろうし、会いたくねえと思ってるだろうから」

「そんなことない！　お兄さんだって、離れても杉浦くんのことを気がかりに思ってるよ」

「んなのわかんねえだろ」

「わかるよ！　だって私、佐藤くんに会いに病院に……」

「俺も、会いたくねえし」

杉浦くんはキッパリ言い捨てた。

「どう……して……」

私の口からは乾いた声が零《こぼ》れて、もう二人の仲が修復されることはないのか、それ以前に自分の気持ちに蓋《ふた》をし続ける私なんかが口を挟む権利はあるのかと弱気になる。

好きだという確かな想いがあるのに、傷つくことを恐れて本心から逃げ続ける私に、他人のことでとやかく言う資格はない。まずは自分の気持ちに向き合わなくてはならないのに、人の事情に首を突っ込んで良いわけがない。

だけど、私は……。だから、私は……。

「会いたくなくても、会わなきゃ駄目！」

「は？」

ガタン。

私が杉浦くんの目をまっすぐ見据えたとき、電車が揺れて身体が大きく傾いた。振動に合わせてバランスを崩した私を、杉浦くんは受け止めてくれた。

「大丈夫か……？」

「う、うん。ありがとう」

そのとき、杉浦くんの肩越しにある人の姿を見つけた。隣の車両にいた、佐藤大和さんと目が合ったのだ。

律のストーカー事件以来会っていなかったが、彼も私と同じ高校生で、それも同じ線に乗って通学しているのだ、会うこと自体は不思議ではない。

佐藤さんは私のことを視界に捉《とら》えるなり、無表情のまま人混みに紛れて姿を眩《くら》ませた。一瞬にして見えなくなった彼は、『もう七瀬さんの前にも藍原さんの前にも、二度と現れない』という言葉を忠実に守っていることを示していた。交わした約束を今も忘れずに、私と律が怖がることのないように行動しているのだ。

将来に向かう佐藤先輩も、前に進んだこうちゃんも、揺るがない佐藤さんも、皆私と違って現実から逃げずに自分と向き合っている。それに比べて、私は逃げてばかりだ。

「やっぱり、佐藤くんに会いに行こう」

「いや、だから……」

「逃げてばっかりじゃ駄目なんだよ。杉浦くんも、……私も」

「……」

杉浦くんは何も反論しなくなっていた。私も杉浦くんも最寄り駅で降りずに、空ヶ丘まで電車に乗り続けた。

＊

「ほら、ここだよ」

「……」

受付で手続きを済ませ、面会証を預かった私たちは七階まで上昇する。そのエレベーター内で私は息を吸って杉浦くんに声をかけた。

「……ねえ。私、気づいたことがあって」

杉浦くんに病院に来るように促したからには、私が病院に行く理由も話さなくてはならないような気がした。

「私、佐藤くんが、……あなたのお兄さんのことが好きなの」

それを打ち明けたとき、杉浦くんが隣で呼吸する音が狭い密室で聞こえる。何と言われるかドキドキしながら次の言葉を待っていると、「そうか」という優しい声が反響した。

「……俺はとっくに気づいてたけど。お前が、手紙の相手に惹《ひ》かれてることくらい」

「えっ」

「お前、わかりやすいんだよ。顔に出すぎ」

「そ、そんなことない。……でも佐藤くんの想いも汲《く》み取りたいから、この気持ちを伝えるかはわからないけど、最後まで自分に正直になってみようって思った」

私が胸に灯《とも》していることを口にした瞬間、エレベーターが七階に到着し、扉が開いた。

「……大丈夫だ。俺の兄貴は、誰かの気持ちを無下にするような人じゃねえ」

エレベーターを先に出た杉浦くんが、振り向きざまにそう言った。口の端には自信のある笑みが表れていた。

私が気持ちを伝える日が来るのかはわからないが、弟が言うなら間違いないと確信した。

二人で廊下を進み佐藤くんの病室の前に立つと、杉浦くんがふと立ち止まった。彼の顔を見上げると、瞳《ひとみ》に戸惑いの色が浮かんでいる。

「……俺、兄貴に顔を見せても良いんかな。死ね、とか、消えろ、とか散々言ってきた俺が……」

私は優しく、しかし力強く視線を交わらせて言った。

「大丈夫だよ。大丈夫」

今度は私が大きく頷《うなず》いて「大丈夫」を繰り返す。その言葉に安堵《あんど》したように杉浦くんは息を吐いて、扉をノックした。

佐藤くんの「はい、どうぞ」という声で扉を開けば、一人でいるには広すぎる病室が見える。私たちはベッドが見える位置まで静かに歩いた。

「冬馬……。藍原さんも……」

ベッドに横たわり窓の外を眺めていた佐藤くんが、私たち二人の姿を捉えて目を丸くする。

「こ、こんにちは。また突然来ちゃってごめんなさい」

「……びっくりした」

今回ばかりは杉浦くんの訪問にまだ状況が飲み込めていないらしく、ずっと呆然《ぼうぜん》としたままの表情で固まっている。最後に会った一ヶ月以上前と比較しても、さらに痩《や》せたように見えた。

佐藤くんは「……もう、来ないかと思ってた」と呟《つぶや》いた後、私の一歩後ろにいる杉浦くんに目線を移した。

「……久しぶりだな、冬馬」

その声に、杉浦くんがゴクリと息を呑《の》んだのがわかる。しかし私は正直、お兄さんが病気で弱っている姿を見てもう少し衝撃を受けるかと思っていたが、杉浦くんは終始至って落ち着いていた。

「……おお。久しぶり」

おそらく二人は何ヶ月振りかの再会で、きちんと言葉を交わすのはさらに久々なはずだから、私はいない方が良いだろう。兄弟の和解の場面は二人きりで心ゆくまで話してほしい。

「私、一階のカフェにでも行ってきます」

「行くな。……いろよ。ここに」

背を向けると、不意に杉浦くんに引き留められた。一瞬驚いて立ち止まったものの、もしかしたら私がいることで安心できるのかもしれないと思い至った私はその場にいることにした。私も誰かに必要とされる人になれたのだと、そのとき少しばかり自身の成長を覚えた。

「……」

「……」

お互いしばらく沈黙した後、最初に静寂を破ったのは杉浦くんだった。

「……兄貴。今までずっとごめん。兄貴にひどい態度で当たっちまってたこと、本当に後悔してる。今更許してくれとは言わねえけど、謝らせてくれ」

「……」

杉浦くんが誠心誠意頭を下げると、佐藤くんは僅《わず》かに目を見開き、そしてすぐにこう返した。

「何で謝るんだ？　俺は、冬馬に謝られるようなことをされた記憶はない」

「兄貴……」

「俺にとっては、ずっと大事な弟だ。これまでも、これからも」

その一言で、杉浦くんは泣き崩れてしまいそうな顔になったが、グッと堪《こら》えて「……俺も」とだけ言った。

……良かった。

やはりお互い思春期でコミュニケーションが上手《うま》く取れず、ただすれ違っていただけのことなのだ。どちらかがほんの少しでも歩み寄れば、絡まった糸のようにするすると蟠《わだかま》りが解《ほど》けていく。

ようやく二人が本当の意味で心が通じ合ったことが嬉《うれ》しくて、傍《はた》から見ていただけなのに私まで胸がいっぱいになってしまった。

「そういや、母さんとはどうだ？　上手くやってるか？」

「いや……、全然。夜はいねえし、ほとんど話してねえ」

「そうか……」

佐藤くんは暫《しば》し考え込んだ後、思い立ったように顔を上げて話し出す。

「実は母さん、俺の見舞いにたまに来てくれるんだけど、大体お前の話してるよ」

「え……」

「冬馬が夜寝られなくなったのは私がいるせいだって、自分のこと責めてるみたいだ。だから仕事を夜遅くまでやってくるしかない、私が家にいるとストレスになるからいない方が良いって。二人暮らしになって冬馬との接し方に悩んでるらしい」

それは、杉浦くんから聞いていた話とは違っていた。杉浦くんが眠れなくなったのはお母さんが夜遅くまで帰ってこないからだと言っていたが、お母さんはそれを逆に誤解してしまっていたのか――。

杉浦くんは呆気《あっけ》に取られながらも、すぐに力強い視線を取り戻した。

「……母さんとも、ちゃんと話してみる」

「ああ、それが良い。母さんもきっと喜ぶな」

佐藤くんは慈しむような優しい瞳を杉浦くんに向けて頷く。

佐藤くんが教えてくれたおかげで、きっと杉浦くんはじきにお母さんとも分かり合えるだろう。佐藤くんは、やはりすごいと感じた。周りがよく見えていて、いつだって誰かのためになる言葉をくれるのだから。縁もゆかりもない私でさえ幾度となく励まされた。

思えば、杉浦くんも佐藤くんに似ているところがある。まっすぐな光を宿す瞳もそうだが、さり気ない親切心を見せてくれるところが、さすが兄弟だと思わざるを得ない。

「お前は、兄貴に何か言うことないのかよ」

「えっ、私？」

家族の話が一件落着した杉浦くんが、突如私に目を配って話を振った。

「私は、……今日は特に用事はないんだけど」

今日私が病院を訪れたのは、杉浦くんと佐藤くんの間にできてしまった溝を少しでも埋めたかったから。そして、自分の気持ちに目を逸《そ》らさないで向き合うことを決めたからだ。

「佐藤くん……私、これからも病院に来たら駄目かな……？」

恐る恐る尋ねると、佐藤くんはしばらく考え込んだ後、困ったように微笑んだ。

「……いいよ。藍原さんの顔が見られたら、元気出そうだ」

「ありがとう……」

たとえこの選択をしたことで、これから自分が泣いたり苦しんだりすることになっても構わない。胸が張り裂けそうな痛みにはなっても、絶対に後悔に変わることはない。

最後の最期まで佐藤くんを想い続ける。これが私の選んだ道だった。

＊

それから私は一ヶ月、頻繁に佐藤くんのもとへ通った。私は私で勉強や学校のことがあるため、毎日とはいかないものの、放課後時間があるときは病院に行くようにした。

その途中、佐藤くんが患う骨肉腫《こつにくしゅ》が肺に転移したことが判明し、ここ最近で病状は著しく悪化していた。

「……それでね、友達が授業中に寝てたんだけど、先生に指名されたときにちょうど寝言言っちゃって」

「え……っ」

「そのあと指名されて答えられなくて、先生が渋々解説したら、その解答が間違っててね。それを友達が気づいて指摘するっていう」

「はは……っ」

酸素マスクを取り付けた佐藤くんは、その下で口角を上げて弱々しい笑い声を立てる。半透明の酸素マスクが白く曇った。

「……無理に反応しなくても良いよ。私が話したいだけだから」

「面白いから笑ったんだ……」

最近の佐藤くんは頻繁に呼吸が苦しくなるらしく、私が一方的に話しているだけの状況が続いた。それでも表情を見ていたらいつも佐藤くんが楽しんでくれているのがわかったから、私はそれで十分だと思っていた。

「それから、ここのところは模試が増えてきたんだ。私は国公立志望だから土日両方あって大変だけど、今のうちから頑張らないとなぁって思って。三年生になる前に、苦手な分野は潰《つぶ》しておかないといけないし」

「お疲れ様。……将来、何に、なるんだ？」

将来のことを私に問う佐藤くんの目は、自分の未来を私に投影しているように輝いていた。

「うーん、決めてないけど……、早くやりたいこと見つけたいな。そうじゃないと、志望校の学部も定まらないから」

「そう、か」

「文系で図書室に入り浸ってた割には、元々本を読むこと自体、実はそんなに好きじゃなかったんだよね。でも、佐藤くんと『こころ』について話したときあたりから、本も良いなって思うようになったから、文学部も視野には入れてる」

「……頑張れ」

私がうん、と首を縦に振ったところで、不意に佐藤くんの手が胸の辺りに移動した。と思えば、ぐしゃりと寝衣の襟元を荒々しく摑《つか》んだ。

「……っ！　う、……っ」

「佐藤くん……!?」

急に悶《もだ》え苦しみ出して、血相を変えて私はイスからガタンと立ち上がる。ナースコールの呼び出しボタンを必死に押しながら、佐藤くんの様子を窺《うかが》っていると、すぐに看護師の声が聞こえた。

「どうされましたか？」

「佐藤くんが……！　呼吸が苦しそうで……！」

半分泣いている私は、一生懸命叫んで状況を伝える。

「今すぐ向かいます」

お願い、助かって！　佐藤くん、佐藤くん……！

＊

「がんの末期にはよくあることです。落ち着いてください」

あの後医師がやってきて、迅速な処置を施してくれたおかげで、佐藤くんの呼吸は静かに戻っていた。目を優しく閉じる佐藤くんを見て、私はその場に座り込む。まだ心臓はドクンドクンと波打つように暴れていた。

びっくりした。あんなに焦ったのは生まれて初めてだった。

「では、また何かあったらすぐに呼んでくださいね」

「はい……」

医師と看護師が病室を去って、この空間には私と佐藤くん二人だけになった。

「……良かった……っ」

助かって心の底から安堵《あんど》した。しかし、死期が確実に近づいていることでもあって、同時に苦しくもあった。

私は、こういう辛《つら》い場面に遭遇すること、そして最後にはもう二度と会えないという別れが待ち受けていることを覚悟している。だから、どんなに現実が辛くても絶対に泣いたりしない。全てひっくるめて乗り越えていこうと決めた。

ベッドサイドにしゃがみ込み、私は佐藤くんの穏やかな顔を見上げていた。

私は、佐藤くんと出会えて良かったと思う。佐藤くんを好きになれたことが、とても幸せなことだと思う。

「……好き……」

私が小さく想いを零《こぼ》したとき、瞼《まぶた》をゆっくり開けた佐藤くんと視線が交わる。

「っ！」

今の、聞こえてしまっただろうか。一瞬慌ててふためいたものの、佐藤くんの表情があまりに温かくて、私は胸がいっぱいになる。

ちゃんと目を開けてくれて安心した。

「……もう一回、言って」

掠《かす》れた声の佐藤くんが私の目をまっすぐ見て言った。

もう一回……か。ちゃんと本人に聞かれている状態で改まって言うのは、それこそ告白ということになるから非常に恥ずかしい。しかし、佐藤くんが願望を伝えてくれたのが嬉《うれ》しくて、それを叶《かな》えてあげたいと思った。

「私は、……佐藤くんのことが、好きです」

ありったけの想いが溢《あふ》れれば、佐藤くんは少し照れながらも今までで一番の笑顔を見せてくれた。布団から出した右腕を私の方に伸ばすと、優しく右手を握った。

「……ありがとう」

手から体温がちゃんと伝わってきて、佐藤くんが今ここにいると実感できた。答えを出さないことが佐藤くんの答えで、それが佐藤くんが私にくれる最大の優しさなのだと悟る。同調するような無責任な言葉も、別れを思い見る拒否も選ばないところが彼らしいと感じた。

私の気持ちを受け取ってくれてありがとう。

私はもう、大丈夫だよ。佐藤くんからの手紙も、言葉も、笑顔も、全部忘れないから。

心でシャッターを切るように、この瞬間を何度も何度も胸に焼き付けた。

＊

「……来てくれてありがとな」

河川敷に座り、川のせせらぎを眺めていた私は、背後から聞こえてきた声に振り返る。

暖かくなった風に吹かれていた杉浦くんが土手から降りてきて隣に座った。

「うん。もう終わったの？」

「後はもう帰るだけだ。その前に、広いところで風に当たりたくて」

杉浦くんはそう言って前を向いた。

あれから程なくして佐藤くんは、眠るように天国へと旅立っていった。それは、凍えるように寒かった日々を経た、三月の春の兆しが見えた頃のことだった。

「何か、あっという間だったな……」

告別式に参列した後で、私も同じようにまっすぐ前を見据えて呟《つぶや》く。

「そうか？」

「だけど、すごく濃い時間だった」

佐藤くんと直接会って話したのは三ヶ月にも満たないくらいの短い間だったが、文通をし始めてからだと半年になる。ずっと前から話していたと錯覚してしまうほど、手紙上のやり取りも充実していた。佐藤くんから送られた手紙は、家の机の引き出しに一枚一枚大事に取ってある。

「……泣いた？」

杉浦くんがふと尋ねてくる。

「ううん。泣いてはないよ」

「へぇ。号泣してるかと思ったわ」

「気持ちも伝えられたし、私は悲しいことは何もないから。……杉浦くんは？」

「俺も思い残したことはねえから、意外とすっきりしてるかも」

「一緒だね」

そのとき、もうすぐ春が来ると予感する優しい風が吹いて、佐藤くんを思い出す。春のように優しい人だった、と。

「……そうだ。これ、兄貴が藍原に渡してくれ、って」

杉浦くんが手に持っていた文庫本を差し出してきて、私はそれを受け取って首を傾げる。

「『こころ』……？」

「病院の患者図書室にあったものを、どうしてもって買い取ってもらったらしい。藍原にあげたくて」

そういえば、佐藤くんと杉浦くんのお父さんは会社の社長と言っていた気がする。病院の本を買い取るなんて想像を絶していて、私は思わず目を見張ってしまった。しかし、それほど佐藤くんがこの本を誰にも渡したくない大事なものだと想っている表れでもあるように感じられた。

これが佐藤くんの手紙を私に届けてくれたんだな。そう思うと不思議な気分になりつつも、嬉しいやら切ないやらで『こころ』をギュッと胸に抱きしめる。

「ありがとう……」

「おう。じゃあ、俺そろそろ行かなきゃいけねえから、またな」

「あ、うん。また学校でね」

立ち上がった杉浦くんは、川沿いを歩いて式場へと戻っていった。その背中を追った後、私は手元に残った本に視線を落とす。『こころ』と三文字だけが並んでいるシンプルな表紙から、高校の図書室にあるものと同じ版元のものであるとわかったが、やはり病院の方が新しいのか、折り曲げられた皺《しわ》ひとつもなく綺麗《きれい》だ。

私が学校で書いて挟んだ手紙がここに届いていたなんて、何度考えても信じられないし、やはりすごいことだと思う。ページをペラペラと何となくめくってみながら、佐藤くんや佐藤くんからもらった手紙に思いを馳《は》せていると。

「あ、れ……？」

文章の途中の文字が、ところどころ丸で囲まれていた。何の規則性も見いだせないまま、ひたすら丸がつけられた一文字一文字を辿《たど》っていった。

「あ、い、は、……」

どんな意図を持って文字に印をつけたのかわからず、夢中でページをめくり続ける。

そして全ての文字が繋《つな》がったとき、泣かないと断言したはずの私の瞳《ひとみ》からは、大粒の涙が零れていた。

あいはらさん、ありがとう

おれもきみがすきだ

「ずるい、ずるいよ……っ」

最後にこんな幸せな言葉を残していくなんて。

涙がぼろぼろと本に落ちていき、大きなシミを作った。

佐藤くんも、私と同じ気持ちでいてくれたんだ。私たちの想いは、確実に重なっていたんだ。

いくら強がっても無駄で、悲しいと自覚したら涙が止まらなかった。私は佐藤くんに、ずっとずっと生きていてほしかった。

「……っう」

だけど、見ていて。私は佐藤くんとの手紙のやり取りで、変われたから。強くなれたから。

これから立ち止まったとき、壁にぶつかったときは、いつだって佐藤くんを思い出して、佐藤くんからの手紙を思い描くことができる。心の中で、佐藤くんは手紙を届けてくれる。

だから、私はこの想いを胸にして、君の分まで生きていこうと思う。

空を見上げると、雲の切れ間から一筋の太陽の光が射し込み、本と共に私を照らし出していた。

終章　光のラブレター

世の中というのは不条理だと思う。

自らが置かれた家庭環境に、大きく左右されてしまうからだ。しかも、それは自分がどう足掻《あが》いても変わることはなく、生まれつき決められてしまっている。

生活も、性格も、能力も、家庭環境によって形成されて、二度と抗《あらが》うことはできない。

自らの意志が生まれる頃にはすでに遅く、直したい、変えたいと思う部分ほど取り返しがつかなくなっている。


「杉浦冬馬さん」

不意に名前を呼ばれ、重い腰を持ち上げて立ち上がった。

ああ、眠い。九月に入り、日中こそ夏のじめじめとまとわりつくような暑さが残っているが、朝は少し気温が下がっていて余計に目覚めが悪くなる。

「こちら、二週間分のお薬ですが、……」

起立性調節障害を患う俺は、定期的に通院して薬を処方してもらっている。薬の説明を受け、お金を払った後で病院の出口に向かおうとして、思わず足を止めた。見覚えのある顔を目にしたのだ。

『空ヶ丘総合病院』の一階のフロアには、ガラス張りの患者図書室が設置されていて、医療や健康に関する書物はもちろん、患者の娯楽用として小説や漫画なども蔵書されている。学校の図書室ほど蔵書数は多くないし、中が広いわけでもないが、静かながらインテリアの色味やウッディな素材が気分を明るくさせた。図書室は午前八時から開室しているものの、入院患者に朝食が配膳《はいぜん》されるのも同じく八時だそうで、俺が病院を訪れる九時半頃に患者が集まりやすいらしい。

その時間帯によく見かけるのが、俺の兄である佐藤春樹だった。両親が離婚してからは高校の校舎内ですれ違うくらいだったが、毎朝起きられなくなった俺が通院するようになって、兄貴も病院にいることが発覚した。薬の受け渡し口で待っていると、患者図書室を訪れて同じ本棚の前に立っているのが毎回見えるのだ。

なぜ兄貴が病院にいるのか気になった俺は、看護師に訊《き》いて教えてもらった。どうやら、骨にできるがんのようだ。

それを聞いたとき、後悔なのかショックなのか、よくわからない複雑な感情の渦が襲ってきて、とにかく胸が押し潰《つぶ》されるように痛かった。同時に、兄貴と離れ離れになる前の思い出が蘇《よみがえ》ってきた。

『父さん！　俺、テスト九十五点だったぜ！』

父親に褒めてもらおうと、高得点を取ったテストを見せに行くこともあった。

『そうか～、あと五点足りなかったな。次こそ頑張れよ』

『え？　でも、この前の八十二点に比べたら……』

『父さん。今回も百点だった』

横から赤い丸で埋まったテストを差し出す兄貴に、父親は満足げに大きく頷《うなず》く。

『春樹はさすがだな。冬馬も、お兄ちゃんを見習って頑張るんだぞ』

いつだって兄貴は俺の上を行く。俺はどうせ後継ぎにもならないし、おまけ程度の存在で、むしろ兄貴の能力を際立たせるための良い材料でしかないのかもしれない。俺が必死に努力して得たものなど、兄貴は苦労もせずとっくに手に入れている。両親の愛情だってそうだ。

俺は思春期真っただ中で、日に日に兄貴を避けたり雑言を浴びせたりするようになった。

『冬馬。リビングで俺とゲームしないか？』

『は？　誰がお前とゲームするかよ』

『最近勉強で疲れてるんじゃないかと思ってさ。たまには息抜きも必要だ』

『しねえって言ってるだろ』

自分でも調節ができないほどの低い声が漏れた。心では言葉ほどの強い拒否感はないにもかかわらず、弱く見られないように取り繕うので精いっぱいだった。

『あ、そうだ。冬馬が今勉強してる範囲のノート貸そうか？　結構うまくまとまってると思うんだよな』

『いらねえ。つか、そういうのマジでうぜえんだけど』

舌打ちすると、母親がキッチンからヒステリックに飛び出してくる。

『ちょっと、冬馬！　お兄ちゃんにその口の利き方はないでしょう⁉　春樹は親切心でそう言ってあげてるのよ⁉』

もううんざりだった。何をしても兄貴には敵《かな》わなくて、勝てなくて、家にいるのが窮屈で仕方がなかった。兄貴の方だって、ひどい態度を取られているのだから、俺と関わろうとしなければ良いのに、そんなことを気にも留めず優しくしようとしてくるから、俺は余計に虚《むな》しくて悔しくて腹立たしかった。

離婚後、父さんと兄貴と離れ、母親と二人暮らしをすることになった俺は、状況が変わるという希望と少しの寂しさを抱えていた。家を出る最後の日に見た兄貴の悲しそうな顔が、ずっと脳裏に焼き付いて離れなかった。

母さんとの二人暮らしは、状況が良くなると期待していた俺にとっては、落胆せざるを得ないものだった。覇気がないまま仕事へ行ったと思えば夜遅くまで帰って来ず、家にいても常にため息ばかりでとても暗い。俺はその母さんの様子を、愛する長男を父親に奪われ、意気消沈しているのだとばかり思い込んで、いつの間にか夜なかなか眠れなくなっていた。

そして睡眠障害の治療のために病院に通い始めた俺は、まさかそこに骨肉腫《こつにくしゅ》になった兄が入院していようとは、夢にも思わなかった。

毎回図書室の同じところで、一体何の本を見ているのだろうか。兄は決まって同じ本を手にして、真剣な表情で文字を追っている。

「あ……？」

しかし、今日は普段と違っていた。俺の視界にいた兄貴が、紙切れのような何かを、持っていた本に挟んで仕舞う動きを見せたのだ。

何だ、あれ。そう怪訝《けげん》に思って、俺は兄貴が図書室を出たタイミングを見計らって、図書室に入った。

兄貴が立っていた本棚の前まで向かい、手当たり次第に文庫本を引き抜いていく。大体の位置で検討をつけつつ、紙切れが挟まれている本を探し続けた。

「……あった」

やっと見つけた紙切れが挟まれていた本とは、夏目漱石の『こころ』だった。

何を考えて、何を書いたのだろう。俺はその紙に視線を落として吃驚《きっきょう》した。

その手紙が、長い眠りから俺を目覚めさせてくれるとは知らずに――。

藍原美月さんへ

俺はずっと君のことが気になっていて、

一度でいいから話してみたかった。

佐藤

＊

それからおよそ半年後。

まだまだ震えるほどの厳しい酷寒が、夜が更けるにつれて深まっていく午後六時。日が短いので空はすっかり紺色《こんいろ》に染まって、澄んだ空気に上を見上げると、寒月と星座が輝いていた。

そのときスマホにメッセージアプリの通知が届き、画面を見ると差出人は藍原美月だった。

【今日、佐藤くんのところにお見舞いに行ったら、呼吸困難になっちゃったの。今はもうかなり落ち着いたみたいだけど、良かったら杉浦くんも様子見に行ってね】

【わかった。行ってみる。お前も驚いただろ？　大丈夫だったか？】

【私は大丈夫。ありがとう】

スマホをポケットにしまい、俺は早急に家を出て病院へと向かった。

兄貴が手紙を送った相手である藍原と知り合い、何かと関わる機会が増えた。どうせ不良などと一線を引かれて接されると対人関係を諦《あきら》めていた俺は、まさか自分が女子と普通に話すようになるとは思わなかった。むろん彼女の方も、最初は俺のことをかなり警戒していたのが手に取るようにわかったが。

藍原は、本当は感受性豊かで慈愛に満ち溢《あふ》れているのに、コンプレックスや自信のなさから感情を抑えて無理ばかりしている。俺は出会ったときからずっとそう思っていた。どんなに小さなことでも絶対にお礼の言葉は欠かさず、自分のことで苦しんでいるようで他人の気持ちになって考えてしまう。そういう優しさが表に出ていないことをもどかしく感じながら横で見ていたが、俺が驚くくらいに彼女は変わっていった。藍原の良い部分がどんどんスポットライトに照らされていくような錯覚を覚え、それが嬉《うれ》しくもあり切なくもあった。藍原が成長しているのを間近で見ている俺は、全然何も変わっていなくて、後ろめたいことや辛《つら》いことから逃げてばかりだったから。

病院に到着して兄貴の病室を訪れた頃には、すっかり夜が深まっていた。空ヶ丘総合病院の面会時間は午後八時までなので、一階の受付にはあまり人は見られなかった。

「とう、ま……」

病室に入った俺の姿を捉《とら》えるなり、名前を呼んだその声は弱々しく掠《かす》れている。確実に兄貴の身体が衰えているのがわかるようになったのが、ちょうどこの頃だった。

俺にも目に見えた変化が訪れたのが、他でもない藍原の存在で、彼女の説得でようやく兄貴と向き合うことを決めた。一度素直になってしまえば、たくさんの誤解が糸のように解《ほど》けて、もっと早くこうしていれば良かったと思った。

「兄貴、大丈夫か？　藍原から聞いて来たけど」

「ありがとな……」

ベッドサイドで兄貴の脆弱《ぜいじゃく》な顔を見ていたたまれなくなっていると、兄貴はテレビ台を指差して口を開いた。

「そこにある本、俺が死んだら、藍原さんに届けてくれ」

兄貴が俺に託したそれは、まさに『こころ』だった。本を手に取りながら、俺は兄貴を一瞥《いちべつ》して訊《き》き返した。

「良いけど、どうしてこれ……」

「とぼける必要ないさ。俺は、全部知ってる」

そのセリフに、息が一瞬止まりそうになる。

兄貴は優しい顔で俺の目を見ていた。

「知ってる、って何だよ」

俺は目を逸《そ》らしつつ、ボソッと言うと、兄貴は呼吸を整えながら話す。

「本当は、……不思議な力なんてなかった……」

「……は？　なかった、って。何言ってんだよ。兄貴が藍原への手紙に書いてただろ？」

無理やり笑顔を作って明るく反論してみても、兄貴は変わらぬ柔らかい表情のまま、静かに告げた。

「……ずっと優しい嘘を、ありがとう」

「……っ」

兄貴からの言葉に、俺の瞳《ひとみ》からは意図しない涙が一筋流れ落ちた。

そうだったのか。

兄貴はずっと気づいていたのだ。最初から、全て俺が仕掛けた文通だということに。

学校の図書室と病院の図書室が繋《つな》がって、場所を超えて手紙が届くはずがないということに。

「引き出し、開けて」

そう言われた俺は、袖《そで》で涙を拭《ふ》いて引き出しを開ける。そこには、藍原が送った多くの手紙が大事に取ってあって、一番上には最後に送った手紙が載せられていた。

「……俺も、最初から気づいてたわけじゃないんだ。……それ、お前の字だろう？」

「……」

最初は単なる出来心だった。

兄貴が病院にある本に手紙を挟むという不可解な行動を取ったのを見て、首を捻《ひね》っただけだった。しかしその後、藍原美月という女子が同じ高校の同じ学年にいることを知り、兄貴がそいつを気になっているのだとわかった。そして、どうやら藍原は『こころ』を愛読しているらしい。

俺は知りたかったのだ。この届くはずのない手紙が、もしも彼女のもとに届いたとしたら——。兄貴が心を引かれる藍原美月とはどんな人なのか——。

兄貴の手紙を内緒で学校の本に挟んでみた。そうすると、藍原が何の疑いもなく返事を書いたので、俺が学校と病院を往復することになったのだった。朝、兄貴が病院の図書室に手紙を届けるのを確認してから、登校して学校の図書室の本に手紙を入れる。そして藍原が帰ってから手紙を取り、次の日兄貴が図書室に来る前にそれを挟む。兄貴は朝食後の朝、藍原は放課後すぐというように、図書室を訪れる時間はそれぞれ定まっていたから、その時間を避けてバレないようにするのは容易なことだった。

とは言え、俺が気を緩ませて昼休みに手紙を挟む日に限って藍原が図書室に来てしまったり、一日図書室にいると言い出して手紙が挟めなかったりすることもあった。そのときはあたかもその場で手紙を見つけたような演技をして誤魔化していたのも、今となっては笑い話だ。

最初こそ、自分で始めたことだから最後までやり遂げなくてはならないという義務感から二人の手紙を運んでいたものの、時が進むにつれて自らの意志で二人の行方を見守りたいと思うようになった。お互いを本当に大事に想い合っている二人に、俺も感化されたのだ。

「何て言うか、……兄貴と藍原の手紙に元気づけられたんだよ」

「冬馬が……？」

「ああ」

兄貴が病状が悪くなると藍原に突拍子もないことを言い出すのを、俺だけは知っていた。その手紙に藍原が動揺して一喜一憂していたことも、俺だけは知っていた。

だから、兄貴が藍原を想って文通をやめようとしていたときに、藍原が危機に瀕《ひん》していたのをどうしても見逃せなかった。それまでは手紙の内容を知っても何も手を加えることはなかったが、このときばかりは違っていて、俺は藍原の手紙に電話番号を書き足してしまったのだ。

二人がこのまますれ違ってしまわないように、どうしても兄貴から藍原に何か助け舟を出してあげてほしくて。……その文字で、バレてしまうとは思わなかったが。

「……病院と学校をほぼ毎日往復するの、大変だったよな……」

「まあな。でも俺にとって手紙は、……光みてえだったから」

「光？」

「朝、目覚められるようになった。二人の手紙を届けようと思ったら、すっきり起きられたんだよ」

「……そうか」

兄貴は嬉しそうに笑った。

「だから、お礼を言うのは俺の方だ。ありがとな」

「藍原さんも、冬馬みたいな優しい奴がいれば安心だな……」

「はは」

俺が笑うと、兄貴も微笑む。

その笑顔を見て、きっと俺も藍原も大丈夫だと、根拠もなく確信した。

後悔ばかりで、夜も眠れなくなるほど嫌なことが山積みの毎日も、手紙を見つけてから変わり出した。二人が紡いだ言葉と交わし合った心を、繫ぐ架け橋となって肌で感じることができた。こうして、誰かのために目覚めて行動することが、切ない以上にとても幸せなことだと知った。

『俺は、藍原さんとの手紙のやり取りが一番楽しい。生きてきた中で一番。』

残りわずかな時間を、大切な人のために精いっぱい生きた兄貴。

『もう泣いてないよ。ありがとう。』

かけがえのない想いに触れ、これからの未来を生きていく藍原。

この先俺は、二人がくれた光を忘れないのだと思う。

窓の外を見ると、無数の星屑《ほしくず》が散りばめられた深い紺青の夜空に、ただ一筋の月光が輝いていた。

《引用文献》

『こころ』夏目漱石（新潮文庫）

『李陵・山月記　弟子・名人伝』中島敦（角川文庫）

本書は、魔法のiらんど大賞2020 小説大賞〈青春小説部門賞〉を受賞した作品「図書室のラブレター～光をくれた君へ～」を、改題・改稿の上、文庫化したものです。

明日《あす》をくれた君《きみ》に、光《ひかり》のラブレターを

小桜《こざくら》すず

令和4年 2月25日　初版発行
令和6年 4月15日　3版発行

発行者●山下直久

発行●株式会社KADOKAWA
〒102-8177　東京都千代田区富士見2-13-3
電話　0570-002-301(ナビダイヤル)

角川文庫 23052

印刷所●株式会社KADOKAWA
製本所●株式会社KADOKAWA

表紙画●和田三造

●お問い合わせ
https://www.kadokawa.co.jp/（「お問い合わせ」へお進みください）
※内容によっては、お答えできない場合があります。
※サポートは日本国内のみとさせていただきます。
※Japanese text only

ISBN 978-4-04-111789-7　C0193

◆◇◇

角川文庫発刊に際して

角川源義

第二次世界大戦の敗北は、軍事力の敗北であった以上に、私たちの若い文化力の敗退であった。私たちの文化が戦争に対して如何に無力であり、単なるあだ花に過ぎなかったかを、私たちは身を以て体験し痛感した。西洋近代文化の摂取にとって、明治以後八十年の歳月は決して短かすぎたとは言えない。にもかかわらず、近代文化の伝統を確立し、自由な批判と柔軟な良識に富む文化層として自らを形成することに私たちは失敗して来た。そしてこれは、各層への文化の普及滲透を任務とする出版人の責任でもあった。

一九四五年以来、私たちは再び振出しに戻り、第一歩から踏み出すことを余儀なくされた。これは大きな不幸ではあるが、反面、これまでの混沌・未熟・歪曲の中にあった我が国の文化に秩序と確たる基礎を齎らすためには絶好の機会でもある。角川書店は、このような祖国の文化的危機にあたり、微力をも顧みず再建の礎石たるべき抱負と決意とをもって出発したが、ここに創立以来の念願を果すべく角川文庫を発刊する。これまで刊行されたあらゆる全集叢書文庫類の長所と短所とを検討し、古今東西の不朽の典籍を、良心的編集のもとに、廉価に、そして書架にふさわしい美本として、多くのひとびとに提供しようとする。しかし私たちは徒らに百科全書的な知識のジレッタントを作ることを目的とせず、あくまで祖国の文化に秩序と再建への道を示し、この文庫を角川書店の栄ある事業として、今後永久に継続発展せしめ、学芸と教養との殿堂として大成せんことを期したい。多くの読書子の愛情ある忠言と支持とによって、この希望と抱負とを完遂せしめられんことを願う。

一九四九年五月三日